とわの文様

永井紗耶子

角川文庫
23591

目次

序

空を見上げるが、星は見えない。銀の糸のような霧雨が降り始め、辺り一帯が白く煙っているように見えた。

日本橋川沿いの西河岸町に立つ呉服屋、常葉屋の暖簾から、三十路ほどの女が顔をのぞかせてため息をついた。

「雨……」

女の名は律。常葉屋の女将である。縞紋の着物の裾を端折り、戸口に立てかけられた傘を手に取ると、辺りを窺いながら外へ出る。

「早くしないと……」

六月、亥の刻。辺りは寝静まっており、人通りもない。川風はかすかに冷たさを感じさせる。律は辺りを気にしながら足早に歩いていた。すると

「母様」

不意の声に身を硬くして振り向くと、男の子が走ってきた。

「利一、どうしたんだい」

律は声を潜めてその子を抱きとめる。利一と呼ばれた七つほどの子は、浴衣姿に大きな大人の草履を引っかけている。

「だって……母様が何処かへ行くのが見えたから」

寝かしつけたはずだったのに、たまたま目覚めて母の姿がないのに気づいたらしい。辺りを見回しながら、やれやれと肩を竦めた。

「何処にも行きはしないよ。ちょいとそこまで、そのね……」

何と言おうか言葉を探していると、不意にどこからともなく猫の声がした。

「あ、猫だ。猫が鳴いているよ」

利一がはしゃぎ、律も耳を澄ました。

「どっちから聞こえるか分かるかい」

「うん、こっち」

利一が指さす先には常盤橋がある。利一の手を引いて常盤橋へ向かい、辺りを注意深く見回した。

「誰もいないかい」

　利一も母を真似て、小さな頭を右へ左へと巡らせる。

　辺りには誰もいない。ただ、猫の声だけが聞こえている。いや、近づくとそれが猫の声ではないことに気づく。

「赤ん坊の泣き声みたいだ」

　律はしっ、と唇に人差し指を立てる。

「静かにしておいで」

　声がしている橋の袂まで来たのだが、そこには何もいない。ひょいと下を覗き込むと、橋脚に括られた背負子がある。その駕籠から声がしているのだ。

「利一、そこで待っておいで」

　律は利一に傘を渡してから、ゆっくりと橋脚に近づき、背負子を外した。律は利一に見えないように背負子の中を覗き込む。そこには赤子の姿があった。

　律はその頬にそっと手を伸ばして触れる。赤ん坊の頬は、泣き疲れて赤くなっていたが、川風のせいかひんやりと冷たい。

「可哀想に。待たせたね」

　優しく声を掛けて辺りを見回してから、背負子を背負う。そして利一の元に戻ると、

「急いで戻るよ」

利一を脇に抱えるようにして、足早に来た道を戻っていく。

そして常葉屋の戸口をくぐり、傘を畳むと辺りを見回してから鍵をかけた。

「猫、見せて」

利一がねだるのを宥めていると、奥から店の主である吉右衛門が姿を見せた。

「見つかったか」

律は頷きながら上り框に背負子を置いた。利一はそれににじり寄り、中を覗いた。

「赤ん坊だ」

利一が感嘆の声を上げる。灯りの下で見ると、その赤ん坊がまとっているのは、絹織物で、その上には金糸で刺繍の施された錦の掛け着に包まれている。そこに

「常葉屋にお届け願い申し度候」

と一文が添えられていた。律が見つけるより先に誰かに見つかった時のためであろう。

「間に合って良かった」

律が安堵のため息をつく。

「本当に良かった」

吉右衛門もまた安堵したのか、律の背を労わるように撫でた。

「はい。利一が見つけてくれました」

「そうか。よくやったな、利一」

利一はよく分からぬまま、父に褒められ、抱きしめられて照れたように笑う。

律は赤子を抱き上げた。赤子の産着は艶やかな絹で、七宝の地紋である。永久を祈るその文様を見て、律は涙を堪えるようにぐっと唇を引き結んだ。

赤子をどかした駕籠の中には、幾重にも布と綿が敷き詰められている。この子が寒くないように、心遣いが感じられた。さらにその綿の下には、花喰鳥が描かれた錦の細長い袋が入っている。

吉右衛門が取り出して見ると、袋の中からは黒漆の拵えの懐剣が出て来た。金泥で描かれた紋を見て、吉右衛門はすぐさまそれを袋に戻して口を組紐で括った。

「それは」

律の問いに、吉右衛門は恭しくその懐剣を捧げ持つ。

「この子の身上を明かすものだ。くれぐれも、大切に。内密に」

吉右衛門の言葉に、律は、はい、と頷きながら赤子をあやす。ふと、駕籠の外側を見ると、一部にべったりと赤い手形がついているのが分かった。

「血……でしょうか」

律が不安気に問いかける。吉右衛門は黙ってうん、と頷いて険しい顔をした。

その時、律の腕の中で赤子が声を上げて泣いた。すると

「母様、貸して」

利一が腕を伸ばす。律は利一の傍らに座り、利一に赤子を抱かせてみた。すると

赤子は泣き止(や)んで大きな欠伸(あくび)をする。

「利一はあやすのが上手だなあ」

吉右衛門に褒められ、利一はまた照れる。

「利一、この子はお前の妹だよ」

律の言葉に、利一は驚いたように顔を上げる。

「母様がいつの間に産んだんだい」

「お前の知らないうちに。仏様にお預けしていたのが帰って来たんだ」

「そうなんだ」

何やら不思議なことが起きた。有難くも仏様のご加護で妹ができた。利一はその

ことにただ喜び、赤子を大事に抱える。

「名は何と言うんだい」

利一の問いかけに、律もまた答えを求めるように、吉右衛門を見る。吉右衛門は、うん、と頷いた。

「とわ、と言うんだ」

「とわ」

利一はその音を確かめるように口にして、小さな赤子の顔を覗き込み、

「とわ」

と呼びかけながら丸い頬に触れる。赤子は身じろぎしながら手を伸ばし、利一の指をぎゅっと摑んだ。それを見た律と吉右衛門は微笑み、利一の頭を撫でる。

「お前が兄様だと知っているんだねえ」

その言葉に利一は嬉しくなり、自分の指を握る赤子の顔をしみじみと見つめる。

吉右衛門は店の帳場格子に歩み寄り、その場で筆を執る。そして

「十和」

と記した。

「名は決まっていたのですか」

律の問いに吉右衛門は首を横に振る。

「七宝文の肌着だろう。七宝は、延々に円が続いていくことから、永久を祈る吉祥

文だ。いずれ真の名が知れたとしても、ここではこの子は十和だ」

律は十和を抱く利一ごと抱き寄せる。

「利一、十和をよろしく頼むね」

利一は、うん、と頷いた。

第一話　麻の葉の文様

西河岸町の常葉屋の暖簾がひらりと上り、中から島田髷の若い娘が姿を見せた。呉服屋の娘らしく、青色の小紋地に菖蒲を描いた小袖、黒地の帯と、華やかな装いだ。

「十和」

声を掛けられた娘が見る先には、白髪に品の良い紬を着た常葉屋の主人、吉右衛門が立っていた。

「父様、お帰りなさいまし」

十和は笑顔で出迎えた。

「わざわざここで待っていたのか」

「ええ……すぐお戻りになるかとは思ったのですが、今しがた杵屋さんがお見えで、父様をお待ちなので」

「ああそうか、お待たせしては申し訳ない」

吉右衛門は十和に促されて暖簾をくぐり、店の中へと急いだ。十和は父の背を見送ってから、暫く外に佇んでいた。日はやや西に傾き始めている。端午の節句が近いこともあり、日本橋の大通りを鯉幟売りが通っていくのが見える。忙しない喧噪と、明るい声がこだまするのを聞きながら、十和は少し寂しげな笑みを浮かべ、店の中へと入った。

常葉屋は、いわゆる三井越後屋や大丸屋のような大店ではない。しかし「ここにしかない品がある」と評判で、さる大藩の御用や、大看板の歌舞伎役者のお得意もあり、評判の店である。

この日も朝から来客が絶えない。

店の小上がりには、色とりどりの反物が広げられ、主の吉右衛門と共に、古参の客の一人である味噌問屋の杵屋の主人が、品定めをしていた。

「お決まりになりましたか」

十和が声を掛けると、杵屋は頷きながら立ち上がる。

「ああ、おすすめの品を仕立ててもらうよ。またうちにも来ておくれ。娘たちのものも仕立てたい」

「ぜひ」

杵屋の言葉に十和は笑顔で応じつつ、店先まで見送りに立つ。

「ところでお十和さん、幾つになられた」

杵屋はふと思い出したように問いかける。

「十六になります」

「ほう……となると、そろそろ嫁入りかな」

杵屋は十和に問いかけつつ、奥の吉右衛門にも目をやる。すると十和は
「いえ」

と、即答した。

「母様が戻るまでは嫁入りは致しません」

その言葉に杵屋は、ぐっと言葉を飲み込んでから、うん、と小さく頷いた。

「そうさな。私もお律さんの元気な声を聴きたいよ」

「ありがとうございます」

杵屋は、また、と挨拶（あいさつ）をして店を出た。

十和は杵屋を店の外まで見送ってから、中へ戻る。父の吉右衛門が何かを言いたげに口を開きかけるが、見ぬふりをした。

「さて、ではご注文の御品を仕立てに出さなければ。ついでに常磐津（ときわず）の御師匠さんに、小紋を届けるお約束もありましたよね」

「ああ、それは先ほど手代が行ったよ」

「そうですか。では、奥で夕餉の支度を手伝ってまいります」

十和は、ああ忙しい、と言いながら父から逃げるように奥の住まいへと向かう。その廊下の途中で、十和は立ち止まり、ふうっと深く吐息する。

母の律がいなくなったのは、二月ほど前のことである。

御用のために出向いた武家屋敷から、夜になっても戻らない。

「おかしいですねえ、母様は夕餉の時分には必ずお戻りになるのに」

律は日ごろから刻限にはうるさい方であった。するとそこへ

「大変だ」

と、一人の男が飛び込んできた。男は、大川沿いの茶屋の主で、十和や吉右衛門も見知った男である。

「お律さんの船がひっくり返った」

「ひっくり返ったってどういうことです」

十和が驚いて詰め寄ると、

「ともかく急いで」

と、ついて来るように急かされた。

　大慌てで吉右衛門と十和、それに女中や手代も総出で大川へと向かうと、既にあちこちに提灯が灯され、船頭や辺りの者たちが大勢で川を攫っているところであった。

「ああ、お十和ちゃん、大変なことに……」

　そう言って駆け寄ってきたのは、大川沿いの宿屋の女将、久である。

「どういうことですか」

「いえね、ちょうど常葉屋の提灯を持った女の人を船着き場で見かけたんだよ。お律さんだと思って声を掛けたんだ」

　陽気な律は、いつもならば挨拶を返し、何なら立ち話でも始めるところだ。しかし、律は目深に頭巾をかぶり、軽い会釈だけで立ち去ろうとする。夜が迫っていたこともあり、急いでいるのかと思って見ていたら、律は慌ただしく猪牙舟に乗った。常葉屋の女将ともなれば、屋根舟くらい乗れるだろうにと思いながらぼんやりと見ていると、川の中ほどでゆらゆらと舟が揺れ始めた。見ると、船頭と女が揉めている。

「お律さん」

　久は、岸から舟に向かって声を張り上げた。久の声に驚いたらしい通りすがりの人たちも、足を止めて川の方を見やる。野次馬たちが見守る中、舟はゆらゆらと揺れ、やがてひっくり返ってしまった。

「あっという間のことで、私も驚いちまって……。でも、すぐさま辺りの人をかき集めたから、きっと見つかるはずさ」

慰め、励ますように言う。しかし、吉右衛門や十和が固唾(かたず)をのんで見守っているが、なかなか律は見つからない。

「いたぞ」

慌てて駆け付けた先にいたのは、引き上げられたずぶ濡(ぬ)れの男である。姿かたちから船頭と思われた。そして、既に事切れていた。

「母様は……母様を探してください」

十和は泣きながら訴えたが、父の吉右衛門は十和を宥(なだ)めた。

「みなさん、力を尽くして下さっている。無理を言うな」

船宿の主は、血相を変えて上がった船頭の遺体を見ていたのだが、ふと首を傾げる。

「こいつはうちの者じゃないです」

他の船宿の主たちも顔を覗(のぞ)き込んでいたのだが、やはりいずれも知らぬ男なのだという。

「母様はいつも、船に乗る時は決まってこちらのお店にお世話になっています。ということは、乗っていたのは母様ではなかったのかもしれない」

十和の言葉に、久も頷く。

「私が提灯の文字だけで勘違いしちまったのかもしれない。きっともう帰っているかもしれないよ」

その言葉に励まされ、十和はそのまますぐに店へと駆け戻ったが、律は戻っていなかった。

翌日になっても、翌々日になっても律は帰らない。かといって水死体が上がったと言う話が聞こえてくるわけでもない。

「だって、母様は泳げるんです。みんなには内緒だって言っていましたが」

十和は父の吉右衛門に話す。吉右衛門も、

「そうだな、私も聞いたことがあるよ」

と答えた。

しかし三日、四日と日が経つにつれ、店の客も周囲の人々も、律はやはり死んだと思い始めた。十和だけが、律の帰りを信じて、女将の代わりを務めようと気負っているのだ。

それでも時折、どうしようもない不安に襲われる。そんな時は、父にも、店の者にも気づかれぬように、店と住まいの間の廊下でじっと立ち止まる。そして懐にある母の手作りの守り袋を握り締める。

「ほら、霊験あらたかだよ」

笑って渡してくれたのは、赤地に金糸で宝相華が縫われた錦のもの。兄の利一には青地に同じく宝相華。

「帯の端切れで作ったの」

中には芝の神宮の御札が入っていた。十和と同じく受け取った利一は、しばしそれを眺めてから、

「中から札が落ちそうだ」

と、笑った。母の律は針仕事は余り得手ではなかった。呉服商の女将なのに、と利一が言うと、ふん、と鼻を鳴らす。

「いい縫い手はすぐに見抜く目があるからいいの。ただ、これは二人の為のものだから、私が縫いたかったの」

守り袋を握っていると、母の言葉が蘇る。

「大丈夫、大丈夫」

念じるように呟くと、ゆっくりと息をして、涙を堪える。

「よし」

気合を入れるように声を張ると、十和はそのまま奥の台所へと向かった。

「ああ、お嬢さん」

古参の女中である与志が、夕餉の支度をしているところである。母と同い年で四十路の与志は、十和が幼いころからこの家におり、女将として忙しい律に代わって、よく世話をしてくれていた。十和にとって最も信頼できる一人である。

「いい匂いだこと」

十和が竈に近づくと、与志はふふふ、と笑う。

「先ほど、あさり売りが来たので、炊いてみたんです。若旦那の好物ですから」

「まあ、兄様が喜びます」

十和は喜んだが、ふと首を傾げる。

「そういえば兄様は、どちらに」

「昼過ぎに、ふらりとお出になってから、まだお戻りではないようで」

兄の利一はこの年、二十一になる。御店の仕事にはあまり関心がないらしく、ふらりと出かけていくのはいつものことだ。しかし、どういうわけか好物のある日には必ず帰ってくる。

「鼻がいいのでしょう」

母の律が以前に言っていたことを思い出し、十和は思わずぎゅっと胸元を抑える。時折、こうして思い出しては苦しくなることがある。

「お嬢さん」

与志が案じるように十和を覗き込む。十和は笑って見せた。

「大丈夫です。ああ、もしかしたらそっと裏手から帰って来ているかもしれないから、見てきます」

十和は台所の勝手口から裏庭に出た。

常葉屋は、ぐるりと塀に囲まれており、表の店から廊下を伝って住まいに続いている。その勝手口から出ると裏庭があり、手代たちの住まう長屋と、反物を入れておく蔵がある。

十和は蔵の戸をギギと開けると、中にある梯子を上った。

「兄様」

声を掛ける。

この蔵の屋根裏に、兄は一人で籠る小間を作っている。外から帰ると母屋に寄らずにそこにいることも多い。

返事がないので中を覗いてみると、そこにはやはり誰もいなかった。ただ、小さな文机の上には乱雑に書や紙が散らばり、床にも書が積んである。

「また……何を書いているのかしら」

利一は筆名を使って、戯作やら連歌の類を書いているらしい。次から次へと筆名を変えるので、最近はなんと名乗っているのか知らない。

「そもそも、元の利一だって、なかなかふざけた名だろう」

利一は笑う。これは、母、律がつけた通り名だ。

「商人なのだから、利があるのが一番。だから利一。これが福を呼ぶ名です」

と、さくっと名付けたらしい。

「しかし、母様の言い分は尤もだ。戯作者だって商人だって、利があるのが一番だ」

だから長じた今も自ら名乗る通り名は、利一だし、父もそう呼ぶ。芝居仲間からは、

「お前さんの利は、利益の利じゃなく、茶利の利だ」

と、滑稽な芝居を指す「茶利」からとった名だと揶揄われているらしい。

母、律は、そんな枠にはまらない息子のことを貶したことがない。

「あの子はただの放蕩じゃない。我が子ながら、見どころがあるよ」

確かに、遊び人風ではあるけれど、その実、金を散財しているわけではなくて、そこで稼いでいる上に、商いに繋がる話も仕入れて来るのだ。

母は利一を頼みにしており、利一もまた、母の支えを頼りにしていた。

その母がいなくなってからというもの、利一は常と変わらぬように振る舞っているけれど、暇さえあればその行方を探していることを十和は知っている。

「全く、兄様は、折角のあさりなのに……」

過る不安を払うように頭を振った十和は、そのまま梯子段を下りる。

ぼやきながら蔵を出ると、不意にガサガサと音がして塀の上からひょいと人の顔が覗いた。

「うわあっ」

と声を上げたのは、覗いた方の顔である。

「兄様、驚くのはこっちです。一体どうしてそんなところに」

利一は、総髪を後ろに括り、小紋の着流しといった装いである。

「またそんな格好でうろうろと……」

「ちょうど良かった。十和、そこの裏木戸を開けてくれ。外からでは開かないんだ」

「表から入ればいいでしょう。そして父様に叱られればいいんです」

「いいから、早く」

兄が訳の分からないことを言い出すのはいつものこと。十和はやれやれと肩を竦めつつ、裏木戸を開けた。開いた裏木戸から入った利一は、後ろに向かって

「お前さん、お入り」

と声をかけた。十和は兄の連れが気になって覗くと、そこにいたのは若い女である。継ぎ接ぎだらけの薄汚れた木綿の着物を纏っており、足元は裸足だ。そして何より、大きなおなかを抱えている。妊婦だ。

「兄様、これは一体どういうことです」

十和が声を上げると、利一は人差し指を口の前に当てて、しっ、と言った。

「事情があるのさ。店の表から入ると、あることないこと吹聴されていけねえから」

「事情って、どういう……」

「ま、ともかくちょいと休ませてやって欲しいんだ。話は後で」

入って来た妊婦は、確かに疲れた顔をしている。それに、足元は裸足で傷だらけ。髪も振り乱しており、ただ事ではないことが知れた。

「人目につかないってなると、蔵かな」

利一の言葉に十和は慌てた。

「そんな身重で、あの屋根裏まで梯子は登れません。それにあそこは冷えますから。私の部屋に」

十和は周り縁の外側から自室へと滑り込み、女を招き入れた。女は

「すみません」

と、か細い声で言いながら、部屋に入る。

「ゆっくりなさって。すぐに温かいものでもお持ちします」

「はい……」

消え入りそうに応える。怯えたように視線を泳がせる様子を見て、十和はつい女に膝を寄せ、その手を取った。

「ご安心なさいませ。うちは、お節介な母の言いつけで、困った人を助けるのは慣れているのです。貴女のことも……あ、お名前は何と呼べばいいかしら。私は十和と言います」

すると女は戸惑いながらも小さな声で

「とよ……豊と言います」

と答えた。

「ではお豊さん。食べ物と、お湯を持ってきます。少し体を拭って、浴衣に着替え

て。体を労(いた)わって下さいな」

　ようやっと緊張がほどけたのか、ほうっと息をした。

　身を拭うためのお湯を支度し、浴衣を出して部屋に戻ると、豊という女は、居心地悪そうに部屋の片隅に座ったままで項垂(うなだ)れている。着物はつぎはぎの木綿だというのに、髪は、やや崩れているものの、髪結いがしっかりと結ったらしい丸髷(まるまげ)。そこに、市中の若い奥方の間で流行(はや)りの赤い鹿(か)の子の絞りの手絡(てがら)が結ばれている。しかし手は日に焼けており、働き者の手。お豊の身なりは、ちぐはぐなのだ。

「お豊さん、こちらに浴衣を支度しているので、御着替えを」

　豊は、はい、と小さく応えて、おずおずと十和の傍らに近づく。着替えを手伝おうと手を伸ばすと、戸惑ったように眉(まゆ)を寄せ、

「自分で」

　と拒んだ。十和は、はい、と返事をして浴衣を差し出す。豊は、帯を解いてつぎはぎの木綿を脱いだ。

　すると、その下に鮮やかな赤の襦袢(じゅばん)が姿を見せた。麻の葉文様のその襦袢は、表の着物とは異なり、まだ真新しさを感じさせる正絹のもの。呉服屋の十和の目から見ても上質な品に見えた。

十和が思わず見入っていると、豊が視線に気づいて着替えの手を止めた。

「あの……一人にしていただいても……」

豊の言葉に、十和はああ、と立ち上がる。

「はい、では困ったことがありましたら言って下さいませね」

十和は浴衣を置いて部屋を出た。廊下で案ずるように待っていた利一の腕を摑んで部屋から離れた。

「兄様の御子じゃありませんよね」

「人聞きの悪い」

「ならば、何方なんです。どう見てもただ事ではありませんよ」

「それは知らねえ。これからさ」

この兄は、これまでにも行き倒れた物乞いや、迷子、捨て猫に野良犬まで拾ってきたことがある。

「大昔に、橋の袂で鳴き声を聞きつけて褒められたんでね。以来の習い性ってやつだ」

誇らしげにそう言うが、一体、いつの何の話をしているのか、十和は知らない。少なくとも、その遠い昔の話よりも今の妊婦だ。

「父様にも話さなきゃなりませんよ」

「そこは、お十和菩薩の御力添えを」

わざとらしく手を合わせる。十和はやれやれ、と肩を竦めた。

豊には粥を差し入れて、ともかくも一休みするように言い置いた。十和と利一はまずは吉右衛門や手代らと共に夕餉を食べてから、一休みのころ合いを見計らって、奥の間に下がった父の元を訪れた。

事の次第を聞いた吉右衛門は腕を組んだ。

「それで、身重の女を連れて来たっていうのは、一体どういうことだい」

吉右衛門は、静かな口ぶりで利一に問いかける。利一は飄々とした様子で、気まずそうに頭を掻いた。

「成り行きと申しますか……まず申し上げておくべきは、あの女人とは先ほど初めて会ったということです」

「誰も、お前の子だとは思っちゃいないよ」

「まあ、このところ蔵に引きこもっておりまして」

「ああ、また雑文を書いていたんだろう」

「雑文とはご無体な。ま、それでいいよいよ飽きましてね。市村座の方へと足を運んでから浅草寺をふらりと歩き、こちらに帰って来る途中でございました」

昼日中、酒を飲むにも早い。取り立てて用があるわけではないので、貸本屋の軒先で主人と世間話をしてから、帰ろうとしていた。

すると、柄の悪いやくざ者が大声を上げながら目の前を通り過ぎていく。

「物騒ですねえ」

貸本屋の主人がそう言って眉を顰めた。まったくだねえ、と相槌を打ちながら立ち去ろうとしたが、その時ふと、貸本屋と隣の煙草屋の間の路地で蹲る人影を見つけた。むせ込んでいるその姿を見て
「おい、大丈夫かい」

と、利一が声を掛け、店の主人も覗き込む。するとその人影はゆっくり振り返った。着ているのは木綿の継ぎ接ぎで、髪も崩れている。怯えたその顔は、十和とさほど年が変わらぬように見えた。

「まさか、さっきのやくざ者に追われているのかい」

貸本屋の主人は、厄介ごとは勘弁してほしいと、声音に滲ませる。

「すみません」

と、小さく謝りながら、壁に手を添えて立ち上がると、それが身重の女であるこ

とが分かった。

「お前さん、身重なのかい」

女は、はい、と頷く。身重でやくざ者に追われている……となると、足抜けした女郎といったところなのだろうか。

「匿ってやれないかい」

利一が店主に掛け合うが、店主は首を横に振る。

「御覧の通りの手狭な店ですよ。すぐに足がつく。それにあんなやくざ者に荒らされたんじゃ、うちみたいな小さな店は、明日からおまんまの食い上げですよ」

追われる身重の女を庇って走れるかと言えば、利一にも難しい。どうしたものかと思って辺りを見回すと、店の裏手に大八車が見えた。店の小上がりには、貸本を入れる大きな行李がある。

「そこの大八車と行李を借りていいかい。あと、そこの大きな手代を一人」

女は身重だが小柄なので、一番大きな行李に体を縮めて入り込めた。その周りに空の行李を積み上げて、布を掛けた。

「とりあえず、本町の常葉屋まで頼む」

貸本屋の大柄な手代に大八車を引かせ、何とか日本橋本町までたどり着いたという。

「まあ、次第は分かったよ。追われる妊婦を見捨てて来たというのなら、律がいたら利一を叱るだろう。助けて連れて来たというのなら、褒めてやらなきゃいけない。で、その人は」

「私の部屋で眠っています」

と、利一の後ろに控えていた十和が言う。吉右衛門は、うむ、と唸ったきり黙り込む。これまでならば、ここで律が一つ腕まくりをして

「来ちまったもんは仕方ないね。任せなさいな」

と言う。しかしその律がいないので、何となく重苦しい沈黙になった。十和はふん、と一つ息をつくと父に膝を進める。

「母様がいれば、きっと引き受けるはずです。このまま放り出すわけにはいきません」

「まあ、そうなんだが。何か素性については話してないのかい」

利一は眉を寄せる。

「それが、ちょいと話したんですがね」

さすがに家に招き入れるのに、何者か分からないままではいけないからと、行李

から出してから、少し話を聞いてみた。

「誰か、知らせておくべき人はいるかい」

問うと、豊は首を横に振る。

「おなかの子の父親には言わなくていいのかい」

するとまた、首を横に振る。

「せめてお前さんの素性なりとも話してくれないかい。追って来た男たちは誰だい」

「知りません」

それ以上は何を問いかけても答えようとしない。そうは言ってもここで放り出すわけにもいかないからと。

「塀を覗き込んだら十和に見つかったというわけでして」

吉右衛門は、やれやれと吐息する。十和も頷いた。

「私も先ほど、お粥を差し入れた時に、それとなく聞いたんです」

粥を差し出されて、おずおずと口に運ぶ。

「しっかり召し上がって下さいね。お子さんの分も」

言うと、はい、と、か細い返事をする。

「頼れる御身内はいませんか。お母様とか、御兄弟とか」

すると、首を横に振る。

「申し訳ありません。御迷惑のかからぬよう、すぐに出て行きます」

恐縮した様子で言われ、

「いや、いいんですよ、ゆっくりしてください」

と、答えるしかなかった。

「これを見て下さい。お豊さんが着ていたんです」

差し出したのは、先ほど豊が身に着けていた絹の襦袢(じゅばん)である。利一はそれを見て目を丸くした。

「あの人、木綿の継だらけを着ていたじゃないか」

「ええ、だから、妙なんです。見栄を張って、絹を上に着ていたというのなら分かりますが」

木綿は丈夫で長く使える上に安く手に入ることから、農村の人々に愛用されている。一方の絹は高価な上に手入れに手間もかかる。そのため、町人でも木綿を好む者も多いが、裕福な町人や武家は、その身分を表す上でも絹を纏(まと)う。見栄を張るのに、木綿の肌着に絹の小袖(こそで)というのは聞いたことはあるが、その逆というのは珍しい。

「麻の葉文は、安産祈願の意味もあるからね。その絹の襦袢に腹帯となるとお腹の子を待ち望んでいる人がいるってことなんだろう」

呉服屋らしく文様を解いて、吉右衛門は改めて襦袢を見る。

「裄丈(ゆきたけ)は合っているのかい」

「ええ、ぴったり。あの人の為に誂(あつら)えたようです。ただ、御覧になれば分かると思いますが」

「うん、随分と、荒い仕事だ」

襦袢の縫い目は随分と荒く、職人が仕立てたものでないことは一目でわかる。

「裁縫が苦手なおっかさんか、女中さんか……」

「でも、あの方は人に尽くされることに慣れていないように見えます。私なんぞ、女中に着替えを手伝ってもらうのは慣れっこですが、私が傍にいるのにも戸惑っていらして、ちょっと手伝うだけで、すみませんと小さくなってしまう」

吉右衛門は、なるほどと頷きながら首を傾げる。

「しかも、言葉を聞くと江戸(えど)の人じゃないね。そう遠くじゃないけれど。以前、安房(あわ)の繰り綿の行商人が、同じような言葉を話していた気がするなあ」

するとと利一も身を乗り出した。

「年が十六、七って言うと、長らく江戸で奉公していてもおかしくないけれど、そういう御店の子じゃない。所作を見ていると、踊りや歌をやっている芸者や遊女じゃない」

確かに、つい先ほど十和が粥を持って行った時も、ざっと手荒い所作で茶碗を摑んで、膳の角にぶつけて、派手な音を立てていた。慌てて、すみません、と言った様子を見て焼き物の茶碗を持ったことがあまりないのかもしれないと思った。

この絹の襦袢だけが豊という娘の素性を覆い隠しているようだ。

「綺麗な襦袢といい、髪を結っている鹿の子の手絡といい、腹帯といい、身重のままで這う這うの体で、やくざ者に追われて逃げるには不似合いだ。おかげで素性が分からないなあ」

利一も難しい顔をしたまま、襦袢を睨んでいた。吉右衛門は、ふっと自嘲するように笑う。

「こういう時、律がいれば何をするかがすぐに分かるんだろうが、私はからきしだ」

吉右衛門もつい、律ならどうするかを考えてしまうようだ。

「父様は、この襦袢の反物がどちらの御店のものか調べて下さいまし。兄様は顔が広いんですから、身重の女を探している人がいないか聞いて下さい。私は、明日にも奉行所の勇三郎さんに会いに行きます」

利一と吉右衛門は顔を見合わせる。

「律みたいだ」

吉右衛門は嘆息し、利一はトンと十和の肩を叩く。

「よし、じゃあ奉行所までは俺も付き合おう」

十和は、力強く頷いた。


奉行所の前に並んで立った利一と十和は、互いに暫し顔を見合わせる。

「私ですか」

十和が問いかけると、利一は深く頷いた。

「どう見ても、この風来坊の風体の俺が行ったら、俺が御用になる」

利一は市松模様の派手な着流しで、くるりと回って見せる。

「もう少し、落ち着いた粋っていうのがあると思いますけどね」

小言を言いつつ十和は一つ息をする。そして手を袖の中に隠すと、そそそと歩幅を小さくして奉行所の入り口に立った。肩を落として袖で口元を隠しつつ、眉を下げてか細い声を出す。

「もうし、田辺勇三郎様はいらっしゃいますか」

すると奉行所の役人は、ああ、と二つ返事で奥へ飛び込んでいく。その様を物陰から見ている利一は、うん、と深く頷いた。

ほどなくして奥から一人の侍が顔を出す。十和の姿を見つけると、あからさまに嫌そうな顔をしてから、その後ろを見やった。

「また、お前さんたち兄妹か」

やれやれとため息をついた。

奉行所裏の木陰まで出てきた田辺勇三郎は、目の前に並ぶ十和と利一を見やり、腕を組む。

「それで、今度は何だ」

「水臭いな勇三郎。お前と俺とは幼馴染の仲じゃないか」

武家と商家であるが、勇三郎の母と律は古くからの友人で、幼い頃から互いの家を行き来していた。利一が細面の若旦那ならば、勇三郎はそれよりもややがっしりとした体軀である。背も高く、腕も立つと評判で、荒事の役者のような風情だと常葉屋の女中や客たちの間でも評判だった。

「立派な同心は町人のために働くもの。その修練をさせてあげるから」

律はそう言って、勇三郎が子どもの頃から、小さな厄介ごとが起きるたびに調べさせていた。

「お律さんには敵わない」

愚痴を言いながらも、勇三郎は勇んで町内を走り回っていたものだ。

その甲斐あってか、一昨年から勇三郎は父の後を継いで同心となっている。

こうして利一と十和に呼び出されるのも満更ではないらしく、渋い顔をしながらも、一度として断ったことはない。

「実は兄様が、人を連れてきたんです」

「犬猫ならまだしも、人かい」

勇三郎は眉を寄せながら事情を聴いた。

「それで、そのお豊という女の素性を探れって言うのかい」

兄妹は顔を見合わせてから頷く。

今朝になって落ち着いてからも、十和や利一、吉右衛門は、代わる代わる、お豊のところへ行って、それとなく事情を尋ねてみたが、やはり何も話さなかった。

「焦って聞き出して追いつめてもいけないから、話すのを待ってはいるのだが、何せ身重で産み月間近といった様子でな。或いは、探している人がいるのではないかと」

利一の話に、うむ、と勇三郎は唸る。

「お前と言うやつは、確かに哀れとはいえ、厄介な人を家に引き入れて……お十和ちゃんも難儀だろう」

言われて十和は首を横に振る。

「いいえ、これでお豊さんが万一、道端で倒れていたってことになれば、兄様のことだから落ち込んで大変なことになる。それからすれば、連れてきてもらって世話をする分には気が楽です」

いつぞや、子どもの時分に、助けようとした子猫が烏に攫われたといって、十日間、泣き続けたことがある兄である。六つも年上の兄の様子を見て、十和は幼心にこの人は厄介だが優しい人なのだと思ったものだ。

今回も、もしもあの身重のお豊が、やくざ者に攫われてでもいたら、利一は落ち込んだ挙句に、やくざの元へ行くと言い出しかねない。その方がどれほど厄介であったか。

「ですから勇様、御力添えを頼みます」

芝居がかった口ぶりで十和が手を合わせると、勇三郎は白けた顔で十和を見て、肩を竦（すく）める。

「まあ身重の女がいなくなったとなれば、奉行所に届けが来てもおかしくない。話があったら、常葉屋に通そう」

今度は利一が勇三郎の手を取った。

「さすがは勇様。頼りになります」

芸者のような口ぶりで、かわるがわるに言い募る兄妹を、手で追い払いながら、

「早く帰れ」

と言い置いて、勇三郎は奉行所へと戻って行った。それを見送ってから、利一は大きく伸びをする。

奉行所からの帰り道、二人で並んで日本橋の通りを行く。利一はふと立ち止まり、行きかう人々を眺めた。

「しかしまあ、この大勢の中で人を探そうっていうのは難しいものだね。でも隠れるのは存外、簡単なのかもしれないなあ」

確かに、人の目がたくさんあるようで、その実、それほど互いを見ているわけではない。住まいが近いとか、よく顔を合わせるということであればお節介なのが江戸っ子気質（かたぎ）でもあるが、通りすがる者には関わらないのも「粋」という。

「母様が見つからぬのも無理はない……」

利一がふとこぼした言葉に、十和はぐっと唇をかみしめる。

母、律がいなくなってからというもの、ついつい中年の女を見かけると、顔をじっと見つめる癖がついてしまった。こんな風に市中を歩けるくらいなら、御店に帰ってくるだろうと思いもするが、それでも探さずにはいられない。

事情があって帰れぬことがあるかもしれない。

豊も同じだと思えばこそ、他人事と割り切れないのだ。利一もまた、そう思えばこそ豊を連れてきたのだろう。

利一の苦い顔を見上げてから、共に並んで歩く。

「私はいつも、着ているもので人の素性を知った気になっていました」

武家と町人では、髪型も違えば、装いも違う。袴を履くか履かぬか、紋はついているのかついていないのか、足袋か下駄か、絹か木綿か。一目でその装いの格が見え、家が見え、懐具合まで見えてしまう。

「でも装いは嘘をつく。お豊さんを見て、今更ながら気づきました」

十和の言葉に、利一はうん、と頷きながら、腕を組む。

「お豊と言う人は、何者なんだろうねえ」

「兄様が連れて来られたのですから、暢気に構えている場合ではないんですよ」

「分かっているよ」

あと少しで常葉屋というところまで来た時、ふと十和の目に団子屋が目についた。幼い頃からよく立ち寄っていた小さな店である。焼いた団子に、砂糖醤油の甘辛い葛餡をかけていて、母、律がよく買ってくれた。辺りには香ばしい香りが漂っていた。

「兄様、団子を買って帰りましょう。お豊さんにも」

「ああ、そうだな。そこで待ってな」

「いつものように、餡子を多めにつけてもらって下さいよ」

「はいよ」

利一は小走りで団子屋へと走っていく。その後ろ姿を見ながら、十和は木陰に佇んでいた。

すると不意に十和の背後に人の気配がした。

「静かにしろ」

低い声で脅された。

「誰です」

振り返ろうとすると、背後から抱きつかれ、口元を抑えられた。十和をそのまま抱えるように引きずる。姿かたちは見えてはいないが、煤けた着物を着た大柄な男。刀は差していないが、匕首を帯に差している。やくざ者のように思われた。路地へと入り込む寸前、団子を買い終えた利一が、慌ててこちらに駆けて来るのが見えた。

人気のない路地に入ると、やくざ者は十和に匕首を突き付けて、駆け付けた利一と対峙した。

「誰だあんた」

利一が問うと、男はふん、と鼻を鳴らす。

「全く、毛色のいい若旦那が、うちの商売道具を持ち逃げするから」

「商売道具」

「豊という女を、あんたが連れ去ったことは先刻承知だ。このお嬢さんと引き換えだ。とっとと連れて来い」

低くしゃがれた声で恫喝する。

「兄様……」

十和がか細い声で兄を呼ぶ。しかし利一はその場から動かず、じっと男と睨みあう。

「聞かせてくれ。商売道具ってのは一体どういうことだい。あの腹の子はお前さんの子かい」

　すると男はくくく、とくぐもった声で笑う。

「そんなわけはねえ」

「なら誰の子かい」

「知るかい。お前さん方のように、いいお召しを着て、いいものを食って、家持でって人には分からねえだろうが、金の為なら何でもするって輩（やから）は大勢いるんだぜ」

　男は匕首の刃（やいば）を十和の眼前でちらつかせる。十和が身を竦めて刃から顔をそらすと、愉快そうにくくく、と笑う。

「怖いかい、お嬢さん。下手な真似すりゃ、俺らが攫って売り払う。いい金になるからな」

「やめろ」

　利一はぐっと一歩足を踏み出した。すると男は十和の首元に当てていた匕首を、利一の方へと向ける。

「逆らおうってのかい」

　男は嘲笑（あざわら）うように利一を見据える。しかし利一は余裕の表情である。何せ、匕首を持った男が恫喝しているというのに、片手には後生大事に相変わらず、団子の包みを持ったままなのだ。

「お前さん、怪我するぜ」

利一は軽く首を傾げて、口の端を上げてにやりと笑う。

「手前エ」

男は苛立ちながら利一を睨み、十和を抱えたままで匕首の切っ先を利一に向ける。

「兄様」

十和は泣きそうな声を出してから、目を閉じると大きく一つ息を吸い込んだ。

次の瞬間、かっと目を開いた十和は、刃を握る男の小指を摑んで躊躇いなく外側に向かって力いっぱい折った。ぐっ、という鈍い呻きと共に男が匕首を取り落とすと、その間に男のつま先を下駄で踏み込みながら、肘を後ろに突き出して鳩尾を打った。

「……な」

男は己の身に何が起きているのか分かっていない。敵であるはずの目の前の利一は相変わらず、団子の包みを片手に立っているだけ。ただ、腕の中にいたはずの娘は、振袖を翻しながら目の前でひらりと舞う。その足先が、自らの股間に向かって

蹴り上げられるのを、避けることさえできぬまま、

「あああ」

と、言葉にならない叫び声と共に、倒れ込む。その叫び声に重ねるように、当の娘は、

「やめて、助けてください」

と声を張り上げた。

「手前、なめやがって」

男は前かがみになりながら、それでも匕首を振りかざして向かってくる。十和は怯えるような顔をしながら、隙のない動きで身を屈めて足を伸ばして脛を蹴る。前のめった男の後頭部に向かって肘を打ちつけた。

男はううう、とうめき声を上げて、その場にどうと倒れ、そのまま動かなくなった。

「おい……死んではいまいな」

恐る恐る、利一が覗き込む。

「目を回しているだけです。気づく前に引っ立てないと」

十和はふうっと懐から懐紙を出して額の汗を拭うと、利一の手にある団子の包み

を奪う。

「せめて、団子を取り落とすくらいの芝居はしても良いのですよ」

「いや、どうせこうなるだろうと思ったし、団子を落としたらお前が怒るだろう」

十和は、はいはい、と頷くと団子の包みを抱えたまま、通りに向かって走る。

「助けて下さい」

悲鳴に近い声を上げた。すると通りすがりの大工と思しき二人連れが、十和の元へ駆け寄った。

「今、兄様がやくざ者に喧嘩を仕掛けられ……」

「何だと」

義侠心溢れる江戸っ子が腕まくりして路地に入ると、遊び人風の若旦那の脇で、大柄なやくざ者が目を回している。

「おお、お前さん、大丈夫かい」

「はい。なんだかこの人が勝手に転んで」

十和の芝居がかった様子に、利一は小さな声で、大したものだ、と呟いた。

やがて騒ぎを聞いた奉行所が駆け付けた。男が縛り上げられて連れていかれるのを見送りながら、利一は腕を組む。

「あの男、お前さんにやられたということに、あんまりぴんと来てねえな」

「怯えた顔ばかり見ていて、私の動きを見ないからです」

「容赦ないねえ」

「無体をしようとする人のことは人と思わなくて良いから、枝を折るように迷いなく指を折り、石を蹴るように股を蹴るよう師匠にも言われております」

「師匠……久しくお会いしていないが」

「また、ふらりといらっしゃいますよ」

利一は改めて十和を見つめた。

「しかしまあ、琴も花も茶も、今一つだというのに体術だけは立派なものだ」

十和は、およそ稽古というものを好まない。しかし、こと体術だけは好きだった。偶々、師匠となる者がいたこともあって、律が十和に習わせた。

「出来るだけ守りたいと思うけれど、己の身を己で守れるように、少しだけ教えてやって欲しい」

律が頼んだ結果、十和は腕をみるみる上げた。身が軽く、動きが早いので、力に頼らずに相手を討つことができる。今では利一など到底かなわない。しかしこのことは秘密にしておくことが肝要だと律は言っていた。

「十和が大人しそうに振る舞えば、相手も油断する。そうすることで、余計に上手(うま)くいく。だから、身内以外には知られぬように」

それが律の言いつけである。

だから、店の手代や女中も、田辺の勇三郎も十和の強さを知らない。

捕り物も終わり、ようやっと落ち着いた夕刻のこと。

「御免」

という声と共に、常葉屋を訪ねてきたのは、奉行所からの遣いであった。

「田辺様より、文を」

店先に出た十和がそれを受け取り、広げて目を通す。

「さすが勇様、仕事が早い。改めてお礼を申し上げますと、お伝えください」

遣いが帰ると、十和は急いで屋敷裏の蔵へと走る。

「兄様」

蔵の梯子段(はしごだん)を上りながら声を掛けると、

「ああ」

という間延びした声がする。屋根裏の小間で、どうやら寝転がっていたらしい利一が、顔を覗かせる。

「勇様がこれを」

「お、さすが勇様」

利一もまた揶揄するような口ぶりで言う。

「ちゃんとお礼して下さいよ」

「おお、今度、深川辺りで芸者を上げてどんちゃんしてやらあ」

言いながら文を広げる。文は二枚。

「読んだか」

「ええ、ざっと。でも、なんとも奇妙な」

一枚目に書かれていたのは、岡っ引きから聞いた話だ。

神楽坂の辺りで身重の女を探していた女がいたらしい。御高祖頭巾を被った、御武家の奥方風で、年は二十歳くらい。

「大層、品の良い人で、慣れぬ様子で人探しをしているのを岡っ引きが見かねて声をかけたと書いてある」

利一は勇三郎からの文を十和に手渡す。十和はそれに目を通してから眉を寄せる。

「次いでこっちは、さっきのやくざ者のことだ」

十和を盾に女を出せと脅したやくざ者は、浅草田原町辺りを縄張りにしているやくざの子分。ある屋敷で女が逃げないように、三人ほどで見張りをしていたという。身重の女だと聞いて油断していたら、知らぬ間に逃げ出したと知り、慌てて追いかけたという。日本橋辺りまで来たところで見失ったのだが、翌日、その辺りにある貸本屋から、大きな行李(こうり)が常葉屋に運ばれたと聞いて見張っていたら、ここの若旦那と娘が身重の女の話をしていたので、娘を人質に、女を差し出させようとした。

「なるほど……」

「私たちがおしゃべりしながら歩いていたのが悪かったんですねえ」

そして文の最後には、十和が無事で何よりであると記されていた。

「勇様にはご心配をおかけして」

十和が有難いと手を合わせると、利一は鼻で笑う。

「心配なんぞいらぬのに」

「それはともかく」

十和は二枚の文を示して首を傾げる。

「先ほどの男は、お豊さんを商売道具だと言いました。そしてその男は誰かに頼まれて、お豊さんを見張っていた。兄様が助けた時には、お豊さんは逃げていたのでしょう」

「やくざ者に追われていたんだろうな」

「だとしたら、御高祖頭巾の奥方は、お豊さんのお味方なのかしら」

「いや……或いはやくざ者の雇主かもしれない」

御高祖頭巾の奥方と、やくざ者二つの人を結ぶ糸は何なのか。

「木綿の小袖と、正絹の襦袢みたい」

美しく心の籠った襦袢の上を覆う、つぎはぎだらけの木綿の小袖。正体もその意味も覆い隠されているようだ。

「となると、もう一度、改めてお豊さんに、尋ねてみるか」

利一の言葉に十和は頷いた。


十和は豊がいる客間を訪れた。

豊は大きなおなかを抱えながら、行灯の下で縫物をしていた。

「休んでいればよろしいのに」

十和が声を掛けると、はたと気づいたように顔を上げて礼をする。

「気づきませんで」

「いえ、そんなことより、これを縫っていらしたの」

豊の周りには、浴衣を解いた肌着が幾枚も積みあがっていた。

「手持無沙汰だと言ったら、お与志さんが、赤子の肌着を縫ったらどうかと、お古をくださいました」

十和は豊の傍らに座り、肌着の一枚を手に取る。それはまるで測ったかのように均一な運針で縫われているのが分かる。

「これはお上手ね。私なんぞ、いつもお与志に笑われるのですよ。解くのに手間がかかるから、手を出すなと言われるくらいです」

豊は、ふふふ、と笑みを漏らした。その顔はあどけなく見え、さほど年の変わらぬ娘なのだと気づかされる。

「私は、これくらいしか出来ることはなくて。これができると、少しお足が頂けたんで」

「どれくらいもらえるのですか」

「弟に、握り飯を」

十和は目を見開いた。

「握り飯一つですか。どれくらい縫っていたんです」

「庄屋さんの奥さんの襦袢と、小袖と、お嬢さんの晴れ着と、旦那さんの羽織で、米を一桝」

指折り数える豊に向かって、十和は思わず身を乗り出した。

「それは騙されたのではありませんか。こんな丁寧な仕事でそれだけやれば、一両は貰えますよ」

豊は驚いたように目を見張り、十和を見る。

「そんな……私が二両だったのに……」

そう言ってから豊は、ぐっと口を引き結ぶ。

やはり、豊は売られてきたのだ。

十和はいつか、母が言っていた言葉を思い出す。

「女が困ると、すぐに女を売る商いばかりが目の前に転がって来る。江戸のような大きな町なら尚更さ。でもね、女でも、算盤上手もいれば、腕っぷしが強いのもいる。手先が器用なのもいれば、筆の立つ者もいる。生きる道はいくらでもあるんだから、嫌なことにはちゃんと嫌だと言っていい。そして、頼れる人に頼り、道を見つけていきなさい」

母はいつもそう言って、女たちの働き口を世話していた。

この豊の前にも「女を売る商い」が転がり込んできたのだろう。十和は改めて、同じ年ごろの娘が身を売る苦界にいることに、言いようのない苦さを覚えた。

豊はそれ以上、何も言わぬように、口を固く閉ざしている。

しかしこのままでは、豊を助けようにも敵が見えない。せめて、何に追われていて、何から逃げようとしているのか、話してもらうしかない。

「お豊さん、実は私、怖いことがあったんです。やくざ者に襲われたんですよ。こう、刃物を突き付けられてね……貴女のことを尋ねられたんです」

十和は自らの首筋に手刀を当てる。豊は見る間に青ざめていく。

「お……お怪我は」

「大事ありません。すぐに捕まえることができました」

そもそも、怪我をしたのはあちらである。しかし、十和はずいと豊の方へ膝(ひざ)を進め、その手を取った。

「ただ、この家にいるからには、この先も貴女を守らなければならないから、せめて事情なりとも話して欲しいんだけど」

戸惑う豊に、十和は傍らに置いた、麻の葉文の襦袢を手に取った。

「この襦袢、お豊さんが縫ったものじゃないですよね。でも、貴女の裄丈(ゆきたけ)にしっかり合っているから、わざわざ誂(あつら)えてあります。しかもこれは、調べたところ日本橋の菱屋さんのもの。菱屋さんと言えば、京に本店がある大店で、絹の手触りも格別です」

十和が豊に襦袢を差し出すが、豊はそれを見ないように目を逸らす。十和は言葉をつづけた。

「ここに描かれている麻の葉文は、安産祈願の意味もあります。貴女と、お腹の子のことを大切に思っていらっしゃる何方かがいらっしゃるのではありませんか」

すると豊は、床に置かれた襦袢を強く握りしめて引き寄せた。その時、豊の見開かれた目から一筋の涙が零れた。

「……私は……あの人を信じて、騙されたんです」

「あの人、というのは何方ですか」

豊は辛さと痛みを堪えるように、拳でぐっと胸のあたりを抑えた。十和は手を伸ばし、慰めるように背を摩った。強張っていた豊の背中が、少しだけ緩むのを感じた。

「無理はなさらず……」

十和の言葉に、豊は少しだけ顔を上げて、十和の方へとゆっくりと向き直る。

「いえ……どうお話しすれば良いのか分かりませんが……聞いて頂きたいのかもし

れません」

豊は襦袢を膝に乗せたまま、訥々と話し始めた。

「私は、佐原の小作の子で……」

農家の生まれの豊は、八人兄弟の次女だった。姉がいて、豊がいて、下に妹二人、弟四人。一番下はまだ五つなのだという。働き手と言えるのは父だけだったのだが、その父が一昨年に橋の普請に行った時に、川に流されて死んでしまった。母は元来、病勝ちで、農作業には出られない。姉と豊、十二になる弟で耕したけれど、思うように収穫はできず、同じ小作に僅かな米を分けてもらうような日が続いていた。少しは足しになろうかと、裁縫をしても稼げるわけでもなく、日に日に困窮するばかり。

弟を一人、江戸の御店に奉公に出したが、事は解決しない。

「まとまったお金がいるというのなら、いい話がある」

庄屋が連れて来たのは、江戸の女衒だった。

姉は、小さい弟妹の母代わり。下の妹たちは十にも満たない。

「すぐに金になるっていうのなら、お前さんだろうねえ」

豊は、身売りの覚悟を決めた。金は二両。

「当面、これでやりくりをして。そのうち、私が金を送るから」
豊は、詫(わ)びる母と姉を置いて、泣く弟妹を置いて、佐原から江戸へと出て来たのだ。

遊郭に売られることになる……ということの意味を、豊はぼんやりとは分かっている。しかし、自分に売れるものがそれしかない以上、仕方がないと諦(あきら)めてもいた。

女衒の親切で、湯屋できれいに身支度を整えて、娘らしい花びらの小紋が入った小袖(こそで)を着せてもらった。着ていた着物はひどいものだったが、それでも姉が誂えてくれた一着だったので、風呂敷(ふろしき)包みに入れて持っていた。着るものが変わると、少しだけ心は晴れた。だが、着飾ることさえ許されない暮らしをする姉たちに、申し訳ないとも思った。己もこれから身売りをするというのに、姉を案じていることが滑稽(こっけい)にも思えた。

「苦界に沈む前に、観音様は拝んでおきな」
女衒に連れられて浅草の観音様にお参りをした。ものすごい人出にただただ驚いていると、その時、

「もうし」
と、声を掛けられた。御高祖頭巾(おこそずきん)の女であった。豊がこれまで見た、庄屋の奥方

のお召しとは違う。色は抑えた深い緑の小袖なのだが、その袖裾にある千鳥の刺繍が綺麗だった。御高祖頭巾で包まれた顔は、色白で愛らしい綺麗な女である。

「そなた、名は何と」

何故、名を問われるのか分からないが、怪しい人にも思えない。

「豊といいます」

女は、ゆっくりとした様子で頷いた。そして、後ろを振り返る。そこには大柄で恰幅のいい中年の男がいた。

「こちらの娘がいいんですかい」

その中年男は女にそう問いかける。女が頷くと、中年男はにやりと笑った。

「そいつは都合がいい」

そう言って、豊の少し後ろにいた女衒に声を掛けた。

「おう、こっちに譲ってもらおうか」

「困りますよう、親分」

女衒と、親分と言われた男のやり取りが続いた。そして

「ならば、五両」

と言う声がした。そして、豊は女衒からこの御高祖頭巾の女に譲渡された。その

ことが分かったのは、御高祖頭巾の女が支度したのだという、神楽坂の寮に辿り着いた時だった。

これから遊郭に行くと思っていた豊にしてみれば、何が起きたのかは分からない。ただ、小ぶりだが品のいい寮には、世話をする年老いた女中もおり、漆塗りに金蒔絵の施された美しい鏡台に、美しい梅の絵が描かれた枕屏風、立派な松が描かれた瀬戸焼きの火鉢まで、何もかもが綺麗に整っている。これまでの暮らしでは見たこともない品ばかりに囲まれて、豊は戸惑った。

奥から現れた女は御高祖頭巾を取っている。丸髷の似合う、柔らかい雰囲気の品のいい女だった。女は一つの行李を差し出す。

「これは、私のお古で済まないけれど、使って下さいな。貴女のものはこれから誂えます」

豊は、はあ、と言いながら差し出された行李を開ける。そこには色とりどりの小袖が入っていた。それを見ているうちに豊は次第に怖くなった。

「御名を、聞いてもよろしいですか」

すると女は暫し戸惑ったようであったが、やがて口を開いた。

「奈緒と申します」

「お奈緒様……私は、一体、どうすれば」

すると奈緒は、すっと膝を引いて豊に向かって両手を突いた。

「そなたに、私の子を産んでもらいたい」

「……貴女様の子……を」

奈緒は、年は二十五になるという。二度、子を死産して、最早、子宝は望めぬと医者に言われてしまった。

「しかし、それでは御家の為にならない。それ故、旦那様の子を、他の女人に産んでもらう他にない」

声を震わせて奈緒は言う。どのみち、身売りをするはずだったのだ。ここから逃れる道も分からぬ上、既に里には金も入っている。

「一つだけお願いしても」

豊の言葉に、奈緒は怯えたように顔を上げる。

「里に、仕送りをしたいのです」

「分かった。さすれば一年、ここで旦那様の御相手をせよ。その間の手当を払おう。そして、無事に子が授かり、身二つとなったら、その分も渡すこととしよう」

要は金のための身売りなのだ。その話さえ片付けば、豊は相手が誰でも構わない。

いた。
　遊郭に行くはずが、思いがけず妾奉公になった。却って、運がいいとさえ思って
「お引き受けします」
　そう覚悟を決めた。

　翌々日になると、奈緒の旦那様と言う人が、寮を訪ねて来た。二本差しの御侍であった。鄙では見かけぬ涼やかな風情の人で、豊は我知らず心が浮かれた。しかし、当の相手はというと、殆ど口を開くこともなく、名乗りもしない。不愛想極まりない態度で、ただ延べられた床に入ると、情も何もなく豊を抱いた。そして、さっさと着物を着ると、挨拶もろくにせずに、夜も明けきらぬうちに帰ってしまう。

　そしてそれから十日余りは姿すら見せず、やがて二度目にやって来た時にも、同じようにさっさと来て、さっさと帰る。同じようなことが三月ほど続いたある日、豊の体に変化があった。

「おめでただそうですね」

　三月ぶりに、奈緒が姿を見せた。女中から報せがいったらしい。奈緒は大喜びで、それこそ次から次へと寮へ品を運んできた。

「これを貴女に。麻の葉文は安産に良いし、赤い色は身を温めるそうなので」

白地に赤い麻の葉文、赤地に白い麻の葉文と、襦袢を各種揃えており、その他にも御守りや枕、布団まで、至れり尽くせりと言った具合であった。

豊にとって、ここまで大切にされた記憶はおよそない。子の父親の顔が朧げなのが気にならないではないが、目の前で大喜びをしている奈緒の顔を見ていると、これはこれで良いかもしれないとさえ思えて来た。

しかし、次第にお腹が大きくなってくるにつれて、時折、どうしようもない不安が押し寄せて来た。

里では、何人もの女がお産で死んでいる。母は八人の子を産んでいるが、末っ子を産んだ時の肥立ちが悪くて、歩くことがままならなくなり、畑仕事ができなくなった。

何より、身の内に宿っているこの赤子が、自分の子であって、自分の子ではないような、奇妙な心地がせりあがって来る。

すると、そこに御高祖頭巾を被った奈緒が、あの日、声を掛けて来た大柄な中年男と話をしているのが聞こえた。

「奥方様、うちの取り分のことを忘れてもらっちゃいけませんよ」

「分かっております。心得ていますから」

奈緒は男を振り払うようにして寮に入って来た。

「奥様、お困りなんですか」

豊が問うと、奈緒は首を横に振った。

「何も、困っておりませんよ。大事ありません。貴女はただ、お腹の子のために養生なさって下さい」

奈緒は優しく笑う。

奈緒が嘘をついているとは思えなかった。何せ、奈緒は本当に優しかった。口下手な豊が話す他愛のない話を、心底から頷いて聞いてくれる。弟たちが田のあぜ道に落ちたときの話に、まあ、と本気で驚く。その様がまた、屈託なくて可愛らしい人だと思った。

豊は、日々の食べ物に苦労することなく、明日の不安もなく、温かい部屋でゆっくりと過ごせるこの暮らしが、いつまでも続けばいいとさえ思った。だが、この子が生まれればそれは終わることも分かっていた。

奈緒がいない日の夜のこと。浅い眠りから目覚めかけたその時、外に人がいる気配がした。

「全く、何だって番をしなきゃいけないんだ」

男の声である。

「仕方ねえだろう。あの奥方が、きっちり親分に礼を払うかどうか怪しいって話なんだ。この女に逃げられたら元も子もねえ」

「礼ってなんだ」

「妾奉公の口入をしてやったんだ。男が生まれたら万々歳で、金もがっぽり。ただ女が産まれた時には母娘(おやこ)揃って女衒(ぜげん)に売って、がっぽりもらおうって話らしい」

そこまで聞いて、不意に豊は震えが止まらなくなった。

奈緒にとって大切なのは、当然ながら腹の子だけだ。しかも、跡取りとなる息子だけが欲しいので、女であれば用はない。となると、女を産んだら、元に戻って女衒の所から遊郭へ行く。男を産んだら子は無事だろうが、やはり自分は売られるかもしれない。

何よりも、奈緒の親切に喜んでさえいた己が口惜(くちお)しい。

豊は、朝になって、八百屋が物売りに来ていた隙を狙って、着ていた着物を脱ぎ棄てた。そして、佐原から来た時に着ていた唯一の自前を羽織ると、身を隠すようにして外へ出た。

番をしていた男たちは、薄汚れた着物の女が背を丸めて出て来たところで気に留めることはない。無事に逃げ出して、日本橋までやって来た。

　しかし、豊が逃げたことに気付いたやくざ者は、必死で追いかけて来た。着物は変えたのに、頭の手絡がそのままだったので、悪目立ちして見つかり、這う這うの体で逃げ回った。

「そこへ、こちらの若旦那様に助けて頂いたんでございます」

　豊はそこまで言うと、ふうっと深く息をついた。十和は暫くの間、何も言えずにいたのだが、ようやっと口を開いた。

「つまり、お豊さんは本当に、子の父親が誰なのかを知らないんですね」

「はい……姿を見てはいますが、御名は知りません。奥方様は奈緒といいますが……」

　豊は、訥々と何でもないことのように話す。十和は、うん、と小さく頷きながら、豊の手を握る手に力を込める。

「よく、ここまで耐えていらした」

　その言葉が合っているのかは分からない。

　ただ、己とさほど年の変わらぬこの人が、小さな身で必死に己の家族を支え、耐えて来たことは分かる。そして恐ろしい思いを抱えながら、必死で逃げて来たことも分かる。豊は唇をぐっと噛みしめ、目を潤ませながら、はい、と小さく頷いた。

豊を寝かせて部屋を出ると、そこには利一がいた。

「兄様」

利一は何も言わず、十和の肩を叩く。

「母様がいたら……もっと違う言葉をかけてあげられたでしょうに」

或いは母であれば、黙ってあの豊を抱きしめたかもしれない。泣く場所を作ってあげられたかもしれない。

「十和が、本心からお豊さんを助けたいと思っていることは伝わったさ」

十和は項垂れるように頷いた。利一は十和の背を慰めるように摩る。

「色んな人がいて、色んな生き方がある。一筋縄ではいかないものだね」

あくる日、勇三郎が暖簾をくぐり、十和を手招いた。

「勇様、どうなさいました」

十和が駆け寄ると、勇三郎の後ろには、御高祖頭巾の女と、年増の女中が立っていた。御高祖頭巾の女は、十和を見て小さく会釈をする。

「例の身重の女を探していた人だ。御旗本の奥方だ」

勇三郎は小声で言う。十和は前へと進み出た。

「もしや……お奈緒様でいらっしゃいますか」

豊から聞いた名を口にすると、女は顔を上げ、はい、と答えた。

「どうぞ、こちらへ」

十和は、店を出て、裏手から母屋へ女と女中を導いた。

奥座敷に入ると、奈緒は御高祖頭巾を取って、勧められるまま上座に座る。居心地が悪そうに目線を泳がせているが、傍らに座る年増の女中が、奈緒を励ますように何度も頷いて見せた。

やがて、吉右衛門と利一も姿を見せ、奈緒の前に座る。

「当家の主、吉右衛門でございます」

奈緒は、名乗りを上げずに会釈で返す。吉右衛門は黙ったまま、利一に向かって頷いて見せた。利一は一つ咳ばらいをした。

「お豊という身重の女を、お預かりしております」

すると奈緒は顔を上げて利一を見た。

「お豊は無事なのですね」

「ええ」

奈緒は泣きそうになっていた。そして再び顔を上げ、縋るように利一に詰め寄る。

「お腹の子は……」

「無事です。間もなく産み月だろうと思いますが」

奈緒は、安堵したように吐息する。

「ようございましたね、お姫様」

傍らの女中がそう言って、奈緒を慰めた。

御付女中が奥様と言わずにお姫様と言う。どうやらこの奈緒が、旗本の跡取り娘らしい。

吉右衛門は奈緒と女中のやり取りを暫し見つめてから、口を開く。

「私どもの倅が、やくざ者に追われるお豊さんをお助けし、その後、こちらにおります娘は刃もて脅され、色々と難儀致しました。今、お豊さんは奥の間にて休んでおりますが事と次第によっては、お渡しするわけには参りません」

吉右衛門の口調は、静かだが強い。奈緒は、唇を嚙みしめて
「尤もでございます。数多、ご迷惑を……」

と、呟くように言う。すると傍らの女中が身を乗り出した。

「良かった……」

「私は、お姫様の御付で、蕗と申します。お姫様も、致し方ないことでございまして」

蕗が語ろうとするのを、奈緒は止めた。

「蕗、良いのです。私から話します」

奈緒は、心を落ち着けるように胸元を抑えた。

「家の恥を晒すようでございますが……」

と、切り出した。

奈緒は、大身旗本の一人娘であった。石高も大きいことから、婿養子になりたいと願い出る者も多くあったほどである。その中から一人、父も奈緒も気に入った者を選び、迎え入れたのが十年前のこと。ほどなくして奈緒は懐妊した。

「次こそは、男児が生まれてくれれば良い」

期待を一身に背負っていたのだが、残念ながらその子は流れてしまった。気落ちする奈緒に、夫は優しく慰めてくれた。

「この人が夫で良かったと、心底思ったものでございます」

心優しい夫とは仲睦まじく、日々は穏やかであった。それから暫くは身ごもることもなかったのだが、再び子を授かった。

家じゅう、皆が大喜びしていた。いざ月満ちたのだが、思いがけない難産となった。ようやっと生まれて来た男児は、ほどなくして息を引き取ってしまった。

「よしよし、めでたい」

父は言った。しかし奈緒は、子を亡くした喪失感から立ち直るのに時が掛かってしまった。しかも、先の死産の末、

「まだ若いのだ。次がある」

と、医師に言われてしまった。そのことを夫に告げると、夫はまた慰めてくれた。

「或いは、ご懐妊は難しいやもしれぬ」

奈緒にとって救いであったが、事情を知らぬ父は、

「私はともかくもお奈緒が達者でいてくれれば良い」

と、待ちわびている。仕方なく、医師に言われた次第を打ち明けた。

「そろそろ次の子を」

奈緒が言うと、父は激怒した。

「いっそ、余所から養子を頂きましょう」

その言葉を聞くうちに、奈緒は次第に何をすべきか分からなくなってきた。

「余計なことを言わずに、早く産め」

「妾を囲いましょう。そうしましょう」

夫に言ったのだが、夫は首を横に振る。

「義父上が求めているのは、跡取りであるそなたの子だ。私の子ではない」

しかしこのままでは家が絶える。妾の世話を頼みたいと父に言うと、怒鳴られた。

「妾を囲ったなぞと周囲に知れるのは、そなたの恥であり、家の恥だ」

しかし、ままならぬものはままならぬ。気疲れから寝付いてしまうと父は、

「すわ懐妊か」

と、ぬか喜びをする始末。

「私は次第に疲れてしまい、如何にしてでもこの有様から抜け出したくなりました」

奈緒は内々に妾を探そうと考えた。とりわけ、自分と顔かたちが似た者がいい。父には己の子として見せればいいと思い立った。しかし、屋敷を殆ど出たこともない奈緒に、一人で探すことなどできようはずもない。

「子孫繁栄を祈りに、浅草の観音様へお参りに」

そう言って、蕗と共に出向いた先で、妾を世話する口入屋というのがあることを知る。

「素性は明かせぬが、頼みたい」

すると、口入屋は二つ返事で

「ええええ、どんな子を用意しましょう」

と、快諾した。しかし、芸者上がりや遊女上がりの玄人ばかり紹介され、困惑していた。するとその帰途、浅草の参道で豊を見かけた。

「あの者は、私に似ているのではないか」

蕗に問うと、

「さて、まあ……言われてみれば」

と、曖昧である。しかし奈緒にはよく似て見えた。奈緒が女に声を掛けると、それを見つけた先ほどの口入屋が声を掛けて来た。

「奥様、勝手に話をつけちゃいけません」

そう言われた。仕方なく、その親分に話をすると、丁度お豊も女衒に売られて来たところだという。

「奥様、いっそ人助けでございましたね」

親分の言葉に、そういうものかと安堵した。

ともかくもその豊という娘を神楽坂の寮に入れ、夫に事の次第を話した。

「何を言っているんだ。義父上が何と言おうと、子のあるなしに関わらず、そなたと私は夫婦であろう。妾を囲うつもりなどない」

　しかし、奈緒は夫に取りすがった。

「このままでは、子がないことは私のせいだけではなく、殿のせいにもなりましょう。あの父のことです。離縁と言い出すやもしれません。それならばいっそ、妾の子でもいいから、貴方の子を育て、貴方と家を守れればいい」

　泣く奈緒を宥めながら、夫は困惑しているようだった。やがて、覚悟を決めた。

「情を交わすつもりはない。腹を借りると思おう。三月だけ……それで無理ならば、諦めろ」

　それから三月、夫は何日かに一度、神楽坂へ通った。そして念願通り、豊が懐妊したのだ。その報せを受けて、奈緒はただただ狂喜した。

「良かった、良かった」

　そう言って喜ぶ奈緒に、夫は苦い顔をした。

「お奈緒が喜ぶのは嬉しい。しかし、そなたにとって私は何なのだ」

　夫が、何を言いたいのか。分かるような気がするが、分かりたくない。今はただ、奈緒にとって喜ばしいことを、喜びたかった。余計なことに気を回したくない。夫が、豊が、何を思っているか、考えるゆとりがなかった。

「ともかくも無事に産んでもらうこと。そればかりを考えておりました。しかしそれは、お豊の為でも、夫の為でもない。私のわがままです」

苦手な裁縫に精を出し、麻の葉文の襦袢を縫った。子のための肌着も縫った。そうしていることで満たされていくような気がした。

しかし、何度も神楽坂を訪れるうちに、豊が嬉しそうに奈緒を出迎えることに心が痛んだ。不器用な襦袢を羽織っては
「こんな綺麗なものを仕立てて頂いて」

と言われた時にも、どう返していいのか分からなくなった。確かに金は払っている。しかし、だからといってこれで良いのか……と、迷い始めてしまった。

そんな時、あの口入屋が神楽坂を訪ねて来た。

「それで奥様、仲介をしたこちらにも、きちんと筋を通して下さいよ」

仲介したというのは、あちらの方便だ。一度は暖簾を潜りはしたが、結局は奈緒が自ら見つけた娘だ。それを脇から入り込んで来たのに、どうして……と思うものの、強く言い返せない。

「何なら、御屋敷に伺ってもよろしいし、辺りに張り紙したっていいんですよ」

素性は明かしていないはずなのに、男は奈緒の家を知っていた。

「分かりましたから」

どう支払うのかについては決めてはいなかった。何せ、公に出来ないので、父に知られるわけにはいかない。その弱みに付け込まれていると分かっても、逃れられない。

だが、事態は急変した。

訪ねた神楽坂の寮に、豊の姿がない。もしや、身重の豊を人質に金を寄越(よこ)せと脅すつもりなのではないかと思った。慌てて探し回ったのだが見つからない。やがて、口入屋もやくざ者の手下を使って、豊を探していると知った。豊は自ら逃げ出したのだ。

「一体、どうして……」

そう思う一方で、無理もないとも思う。

「私はその実、お豊のことも、夫のことも、きちんと心を込めては向き合っていなかった。ただ、子を産めと怒る父と同じように、人でなしをしていたのではないかと」

思い至ってみると、申し訳なさや、己の非道さに悲しくなり、屋敷に戻って夫に詫(わ)びた。夫は泣いて謝る奈緒を宥めた。

「追い詰められたそなたの思いも分かっている。ただ、己がそなたの夫ではなく、物であるかに思え、空しくもあった。だが今、ようやっとそなたが元のそなたに戻ったのだな」

そう言われて初めて、奈緒は如何に周りが見えていなかったのかを思い知った。

「せめて、お豊が無事でいてくれなければ、申し訳ない」

しかし御公儀に届け出られる話でもない。やむなく自らの足で探しに出かけたのだが、何せ江戸の市中をあまり知らない。

「困り果てておりましたところ、そちらにおいでの田辺様が、あの口入屋の手先を捕え、事の次第を知ったと。そして、こちらのことを教えて下さったので、恥を忍んでここまで参りました次第でございます」

奈緒は両手をついて頭を下げる。吉右衛門は暫く黙ってから、うん、と頷いて問いかける。

「やくざ者とは、どう約束をなさったんです」

「金を、十両支度してくれと」

「それだけですか」

「はい。それで無事に産まれた赤子を私の元へ届けると」

「女でも」

「男でも女でも構いません」

「その後、お豊はどうするのですか」

「お豊が望めば、当家の家人に。そうでなければ、奉公先を世話するなり、金子を持たせて里へ帰すなりと考えておりました」

十和は、ううん、と首を横に振り、膝を進めた。

「お豊さんは、連中が、男が産まれたならば貴女から金を貰う。女が産まれたならば、母子共に女衒に渡して金を貰うと話していたそうです」

「そんな……女だとて殿の御子です。それに、子の母を苦界に落とすつもりなど……」

奈緒が声を張り、傍らの蕗も首を横に振る。

「御姫様はそんなことを御考えになる御方ではありません。妾として囲ったこと、無理に子を産ませることになった。そのことに心を痛めておられただけで、売り払うなどと」

利一は、分かっております、と言った。

「御姫様には思いもよらぬことでしょうが、不慣れなところに出入りして、弱みを握られたのですよ。連中に関わったことで、要らぬ苦労を背負うことになってしまった」

利一は勇三郎を見た。

「こういうことは、奉行所ではどうにもできないだろう」

「まあ、やくざ者には任侠と、相場が決まっているので」

すると、吉右衛門が、うむ、と頷いた。

「私から、その筋に片を付けてもらえるように頼んでみましょ」

商家は多かれ少なかれ、やくざ者との揉め事に巻き込まれることがある。奉行所などでは対処できない問題を、取り締まってくれる任侠と、敢えて手を組むのが常であった。奉行所は大店の番犬とも呼ぶが、当人たちは仁義に厚い。吉右衛門もその辺りに顔が利くのだ。

「それで、お奈緒様。これからお豊さんをどうなさるんです」

十和が問う。奈緒は、改めて吉右衛門、利一、十和、勇三郎に向き直った。

「お豊をお助け頂きまして、有難うございました。叶うことでしたれば、お豊のお産を手伝い、無事に身二つになることを見届けたく存じます。しかし、お豊がもしも、私どもに会うことを厭うとあれば、どうぞよしなにお頼み申し上げたく」

　すると奥の襖がさらりと開いた。そこには、与志に付き添われた豊がいた。

「お豊」

　奈緒が豊の姿を見て声を上げた。豊は、半ば泣きそうになりながら、その場で膝を折った。

「逃げ出してすみません……私は、奥様に親切にして貰って、こんなに大事にされたのは初めてで、とても嬉しかったんです。でも、子を産んで用なしになれば、また女衒に売られるのかと思うと恐ろしくって……奥様に裏切られたと思って……」

　奈緒は、這うようにして豊の元に進み、その手を取って、涙を流す。

「そうではなくても、私はそなたに無理を申しました。私のわがままに巻き込んで、命を懸ける大仕事を任せてしまった。申し訳ない」

　そうして互いの手を取り合う姿は、確かに顔かたちが似ていて、姉妹のようにも思えた。

　十和はその二人の様子を見て、進み出た。

「ここでこうして出会いましたのも、何かのご縁でございましょう。無事にお豊さんが身二つになるまで、私どももお手伝いさせて下さい」

　奈緒と豊は顔を見合わせ、そして二人共に十和に向かって頭を下げた。

六月、初夏の風が心地よい日に、豊は無事に男児を出産した。奈緒は赤子を抱いて

「本当にありがたいこと」

と喜んだが、同時に豊のことを案じていた。

それから一月ほど経った日のこと。

十和は利一と共に神楽坂に豊を見舞った。

神楽坂の寮は、品のいい佇まいで、庭には温かな日差しが指していた。そこには、赤子を抱く豊と、でんでん太鼓であやしている奈緒がいた。

「こうしてみると、二人のどちらにも似ていますねえ」

利一の言う通り、広くて形の良い額は、奈緒にも豊にも似ているようである。

「お豊、この子はやはり、母であるそなたが育てた方が良いのでは」

不安げに問う奈緒に、豊は苦い笑いを浮かべて見せる。

「子を一人育てるっていうのは、母だからってだけでできることじゃないんですよ、奥様」

子を腕に抱え、愛し気にその顔を眺めながら豊は言う。

「私は貧しい生まれです。八人も兄弟がいて、てんやわんや。ともすれば飢えそうになりながら、辛くも生き残って来たんです。だから分かります。私が育てるのがいいか、奥様が育てるのがいいか」

そう言って奈緒を見る豊の目は、常葉屋に来た時所在なく項垂れていた女、とは違う。

「奥様は、御姫様としてお育ちだから、母と別れることが辛いと思し召しなんでしょう。でも、私は違う。体を壊しながら弟妹を産んだ母を愛しいとは思います。けれど同時に重荷にも思う。そのせいで私は女衒に二両で売られ、ここへ来たんです。奇縁のお蔭で温かい寮にいるけれど、同じようにこの子を、温かい所で育てられるかと言えば、それは違いますから」

「ならば、当家で乳母として」

「御免蒙ります。いずれ大きくなったこの子が、育ての母と産みの母に思いが裂かれるのも嫌です。どうか、私のことは捨て置き下されば」

「そうは参りません。縁は縁。そなたにとっては悪縁かもしれませんが、私はそなたのことを身内と思いたい」

恐らく奈緒はそうなのだろう。しかし、奈緒の夫にしてみれば、苦い思いもあろうし、旗本の家にしてみても、実母のことは厄介だ。

「しかし……この子は寂しくないかしら」

奈緒は不安げに問いかける。

「大丈夫です」

十和の思いがけない大きな声に、奈緒は驚いたようである。十和はそれでも言葉を接いだ。

「実の母は勿論恋しいと思います。でも、慈しまれれば幼子とても分かります。それに、お豊さんがこの子を憎くて手放すのではないことは、私たちが知っていますから。きっと大丈夫です」

十和の言葉に、利一も黙って微笑んだ。

奈緒は躊躇いながら、豊の腕の赤子に手を伸ばす。赤子は奈緒の白い指をしっかりと握り返した。豊から赤子を渡され、ぎごちなく抱きながら、縁先の日向へ向かう。そこで、女中の蕗と共に、微笑んでいる。豊も、それを眺めながら、静かな笑みを浮かべていた。

「お豊さん、これからどうなさいますか」

十和の問いに、豊はさあ、と首を傾げた。

「女衒に売られることはなくなったとはいえ、その先はまるで見えちゃいないです」

「御里に帰りたいですか」

「里に帰ったところで、稼ぎがなければ又、同じように食い詰めます。今回、奥様が金子を下さいましたが、それを纏めて送っては、あっという間にあぶく銭になる。少しずつ送ったとしても、その後をどうするか……」

「江戸に残るつもりはありませんか」

豊は、え、と反問する。

「お豊さんは手先が器用でいらっしゃる。常葉屋の頼んでいる仕立て処で、住み込みの針子の仕事があるのです。食べるにも困らないし、大店相手の商売だから、給金もいい」

「私なぞで、仕事になるのですか」

するると、傍らにいた利一が、ははは、と笑った。

「十分ですよ。父の吉右衛門も、お豊さんの腕に感心していました。この呉服屋の娘や、あの麻の葉文の襦袢を縫った、あの奥様よりずっといい腕だ」

豊は、まあ、と驚いたようであったが、己の腕が褒められて、嬉しそうでもあった。

「それに、場所は神田だ。武家屋敷にも遠くない。時折、遠くから、あの子を見るくらいのことはしてもいいと俺は思うけどね」

利一の言葉に、豊は俯いて涙を隠す。十和はその豊の肩を抱いた。豊は、ふうっと細い息を吐き、改めて利一に向かって頭を下げた。

「よろしくお願い申し上げます」

それから、利一と十和は連れ立って帰途につく。

並んで歩きながら、十和は傍らの利一を見上げる。

「兄様、先ほど、奈緒様からお宮参りのお仕立てを頼まれていましたね」

「ああ、お蔭で菱屋さんからお得意様を奪ってしまったね」

ははは、と利一は笑う。

「兄様、母様みたい。商い上手になって」

「そうかい。十和も、お豊さんの肩を抱いている様は母様によく似ていた」

「二人そろって、母様をまねているような」

「流石は兄妹だな」

利一の言葉に、十和は暫し間を置いて

「そうですね」

と、答えた。

この道を、いつか武家屋敷への御遣いで、母と並んで歩いたことがあった。母の御用の供をしては、帰りに芝居小屋に立ち寄ったり、神社に寄ったり……この時ばかりは母を独り占めに出来る幸せな時だったのだ。

しかし今、母、律は隣にいない。

それでも十和の中には律の教えが宿っていて、十和を支えていると思うのだ。

「あ、折角だから芝居でも見て帰るかい」

利一の言葉は母のそれと同じだった。そのことに十和は思わず涙が零(こぼ)れそうになり、ぐっと唇を嚙(か)みしめてから満面の笑みを見せた。

「そうしましょう。お弁当も買ってくださいな」

「お前さんは、芝居よりも食い物に釣られるのかい」

利一は呆(あき)れた様子で肩を竦(すく)め、十和はその兄の前を歩いて行く。空は良く晴れていて、風は夏の気配がしていた。

第二話　蜘蛛(くも)の文様

夏の夜。蒸し暑さの中に、川風がかすかに涼しさを運ぶ。亥(い)の刻近くで辺りはすっかり暗く、寝静まっている。

十和は、朝顔模様の浴衣(ゆかた)で、幾度となく店の前の通りへ出て遠くを見やる。

「お嬢さん、もうお休みになったらどうですか」

与志ももう眠そうに目をこすっている。

「お与志は寝てちょうだい」

与志は眉(まゆ)を寄せる。

「そうは言っても……」

台所の片づけをして休もうとしていた与志の脇をすり抜けて、何度も店先の通りに顔を出す十和に、与志は気が気ではない。

「戸締りもありますし」

「私がしますから」

十和は言うが、与志は首を振る。

「これは私の御勤めですから」

十和は、そう、と頷きながらも奥へ引っ込もうとはしない。

十和がどうして落ち着かなく店先にいるかというと、兄の利一が帰ってこないのだ。風来坊のように店にいつかない利一であるが、夜になればきっちりと家に戻って来る。座敷にいなくても、蔵の小間に籠っているのが習いである。

「若旦那も夜遊びでもなさっているんじゃありませんか」

二十歳の男であれば、芸者遊びに遊郭にと、江戸にはたんと遊び場もある。

「遊んでいらしても、必ず帰って来るじゃありませんか」

それは十和がこうして心配するからだ……と、与志は知っている。

女将の律が行方を晦ましてからというもの、十和は吉右衛門や利一の帰りが、少しでも遅いと大騒ぎをするようになった。昼日中でもその有様なので、夜ともなれば格別だ。それを知っているから、吉右衛門も利一も必ず家に帰ってきていた。おかげで十和も大分、落ち着いて来たのだ。

「取り越し苦労だと思いますよ」

与志は欠伸をしながら言う。十和もそうは思いつつも、どうにも落ち着かないのだ。

「夏とはいえ、夜気にあたっていたのでは、風邪をひきますよ。少し中に入って。御白湯でも持ってまいります」

与志に促されて、渋々中へ入ろうとした十和は、奇妙な物音に目を凝らす。すると、三軒先の軒先に、人がぶつかったのが見えた。

「兄様」

十和が声を掛けると、人影はゆらりゆらりとこちらに向かってくる。

「酔ってらっしゃるの」

しかし、酔っているにしても、泥酔しているのか、今しも倒れそうなのである。いつもはそこまで深酒はしないのに、奇妙だと思いつつ、十和が駆けだそうとすると、与志はその腕を引いた。

「本当に若旦那ですか」

「兄様です」

十和はそのまま駆けだす。近づくとそれは確かに利一であった。ただ、髪はほつれ、額には脂汗をかいている。

「兄様」

「十和……」

利一は十和の顔を見ると、ほうっと一つ息をして、その場に膝から崩れ落ちた。

「兄様」

十和は声を上げて助け起こすが、利一は目を開けない。

「若旦那」

与志が提灯を片手に駆け寄ると、利一の肩口の着物が破れて、赤く染まっているのが照らし出された。

「血……」

十和は確かめるように、兄の肩先に触れる。そのぬるりとした感触に、がくがくと震えながら、兄の体を激しく揺さぶった。

「兄様、兄様、しっかりして下さい。与志、父様を。お医者を、早く」

泣かんばかりに叫ぶ十和に、与志は、はい、と返事をして店の中に駆けこむ。十和は何度も兄に呼びかけたが、目を開けない。

「どうしよう……」

母様がいなくなったように、兄様までいなくなってしまう。

不安が胸に迫り、十和は自らの全身から血の気が引くような恐れを覚えながら、兄の体を掻き抱いていた。

翌日、朝の光が開け放たれた縁から差し込む。蟬が鳴き始め、庭先の朝顔が咲いていた。

「いやあ、昨日はすまなかったね」

利一の陽気な声が響く。その隣では、目の下にくまをつくり、血の気の引いた顔をした十和が、仏頂面で粥(かゆ)を給仕している。

「すまなかったではありませんよ」

昨晩、利一が店先で倒れてからというもの、家じゅうの者がてんやわんやで慌てふためいたのだ。若い手代の仙吉(せんきち)は、医者を担いで連れてきて、与志は湯を沸かし、十和は泣き、吉右衛門も血の気をなくし、番頭の善兵衛(ぜんべえ)がそれを宥(なだ)めるという有様である。

連れてこられた還暦近い医者は、その渦中で倒れた利一の様子を恐る恐る診察した。そして、

「ああ、大事ない」

と、断じた。

「でも先生、首ですよ、首」

与志も青ざめた様子で詰め寄る。もう少しで医者の首を絞めかねない勢いだ。

「いやいや、首に当たっちゃいませんよ。ほら」

そう言うと、寝ている利一の襟元をぐいとはだける。血は首筋についているが、それは手で拭(ぬぐ)ったような跡である。傷口は肩先のところで、医者の言うとおり、そこまで深い傷ではない。

「刀傷のようですが、深手じゃありません。大分、酒臭いようですから、血が余計に出たんでしょう」

吉右衛門は無口ながらも心配しているようで、傷口に目がつくくらいに近づいている。

「ちと、治療をしてもよろしいかな」

医者に言われて、ああ、はい、と身を引きながらも、今度は医者の手先をじっと睨(にら)んでいる。医者はやりづらそうに膏薬(こうやく)を塗り、与志から手渡されたさらしを器用に巻いた。

「あと一寸(ちょっと)ずれていましたら、首筋に当たって死んでいたところですが、なかなか強運だ」

ははは、と笑う。

「では何故、目を覚まさないんです」

十和が問うと、医者は利一の鼻先に手にした木綿をかざす。木綿は利一の鼻息で勢いよく翻った。

「酔って寝ているんですよ」

店の者が全員、息を潜めて見つめていると、利一が寝息の合間に立てたいびきの音がした。

「なんだ、若旦那ってば」

手代の仙吉が、呆れたように言い、少し緊張がほぐれたように居合わせた皆が笑った。しかし十和はそれでもまだ安心できない。

「本当に大事ありませんか」

いびきをかいて寝ていたと思ったら、翌朝死んでいた……なんていう話を、つい先だって隣町の女将さんがしていたような気がする。灯りの下でよくよく見ると、確かに顔色も悪くはないが、普段とはどこか違うようにも思われて、十和は何度も利一の顔に木綿を当てては、その息を確かめている。

「まあ、明日になっても様子がおかしかったら呼んで下さい。酒場で刃傷沙汰の喧嘩にでも巻き込まれたんですかね」

気楽な医者の様子に、吉右衛門は
「夜分に御足労を」

と平謝りしながら医者を戸口まで見送りに出て、店の者たちはそれぞれの寝床に戻った。十和は利一の枕辺に座り込んでおり、見送りから戻った吉右衛門はその隣に腰を下ろした。

「一体誰が、兄様をこんな目に……」

十和の呟きに、吉右衛門は頷きながらも苦い顔をする。

「命は無事だったんだ。目を覚ましたら問い詰めておやりなさい。私がついているから、お前は休みなさい」

「いいえ、ここにいます。父様はお休み下さい。何かありましたらお声かけします」

こうなると、頑として動かない娘であることを、吉右衛門はよく知っていた。仕方なく、茣蓙を一枚持って来ると、利一の布団の側に敷く。

「睨んでいても仕方ない。ここで横になるなり、少し休みなさいよ」

吉右衛門は言い置いて、部屋を出た。

とはいえ寝るに寝られず、明け方に少しだけ横になって、ふと目覚めると、利一がけろりとした様子で起き上がっており、

「おう十和、どうした」

とのたもうた。あまりにも平然とした様子に、心配を通り越して腹が立ち、傍らにあった団扇を取って、パンと額を勢いよく叩いた。

「痛って」

と顔をしかめた兄を見て、十和は盛大に泣き始め、その声に店中の者が駆け付けた……という、騒々しい朝だったのだ。

それだというのに、心配をかけた当人は、

「粥じゃ物足りない」

と、文句を言っている。

「一体、どこでどうしてこうなったんです」

よく眠ってすっきりした顔をしている兄を前に、寝不足のいら立ちも手伝い、十和は険しい口調で詰め寄る。吉右衛門と与志、それに番頭の善兵衛までもが、十和と並んで利一に向かって首を伸ばして先を促す。

利一は困り顔で頭を掻きながら、昨日の記憶をたどりながら話す。

「昨日は常磐津の稽古に出かけた帰りに、師匠と芝居小屋の囃子方とちょいと居酒屋に寄って、一人で帰っていたところを、急に黒づくめの怪しい男に斬りかかられた」

「怪しい男」

その言葉だけで、与志は恐ろし気に顔をしかめ、十和は腕まくりをして立ち上がりかける。それを、利一はまあ待て、と宥める。

「通りすがりですか。見知らぬ人ですか。何て言う物騒な」

十和が立て続けにまくしたてるのを聞きながら、

「母様みたいだ」

と、苦笑する。吉右衛門は、腕組みをして問いかける。

「どんな背格好だい」

「夜ですからねえ。顔もろくろく見えやしねえ」

「提灯は持っていなかったのか」

「……持ってたけど、どこかに落としたなあ。酒屋に叱られる」

すると十和が団扇で利一の頭をスパンと叩く。

「酒屋の提灯なんぞ、どうでもよろしい。十個でも二十個でも買いますよ。でも、向こうもこちらの顔なんぞ見えないで襲ったのですか」

利一は、ううん、と煮え切らない。

「強盗かなあ」

番頭の善兵衛も首を捻る。

しかし、あんなに酔いどれていたけれど、利一の懐には札入れがあり、中身も入ったままだった。斬りつけておいて、怪我だけさせて、物も盗らない。

その時、手代の仙吉が部屋を覗いた。

「旦那様、番頭さん。和泉屋の旦那様がお見えです」

得意客が来たことが知らされ、二人はああ、と立ち上がる。

「ともかく、大人しくな。与志さん、お茶を淹れてくれるかな」

与志も、はい、と立ち上がる。

「お嬢さん、若旦那のこと、見張ってて下さいまし」

十和は、はい、と深く頷いた。

忙しなく皆が立ち去り、険しい顔をした妹と二人にされた利一は、へらへらと笑った。

「まあ、あれだ。心配かけて悪かったな」

話を切り上げようとする兄に向かって、十和は膝を詰めた。

「相手の風体くらいは覚えていませんか」

「黒い着物に黒い袴、黒い頭巾までしてた」

「怪しすぎるじゃありませんか」

兄は話を面白おかしくするために、時折、盛る癖がある。しかし利一はいやいや、と首を横に振る。

「本当だって」

「真正面からそんな輩が来たら、普通は逃げますよね」

兄の刀傷は、背後からではなく、正面から斬りつけられたものだと医者が言っていた。黒づくめの男が刀を抜いて斬りかかるまで、ぼんやりと真正面に突っ立っていたのだろうか。いや、利一ならあり得る。でも……と、思いながら利一の顔を窺うと、利一はあからさまに十和から目を逸らす。

「本当のところはどうなんです」

利一は、うん、と甲高い声で聞き返してから、咳ばらいをする。

「だから、奴さんは背後から来たんだ。で、後ろで物音がして振り返ったところで斬られた」

「妙ですね。振り返って斬られて、仕留めそこなったのに、とどめを刺されなかったということですか」

「おいおい、物騒なことを言うなよ」

「暗がりで襲って来たということは、元から兄様を狙っていたのではありませんか」

その方が辻褄が合う。斬りかかったものの、顔を見られたと思って逃げた。それなら、物取りもせず、止めも刺さずにいったとしても道理は通るかもしれない。

「それなら、ひと思いに殺してしまうのかしら。……もしや、母様の行方に関わるのかも……」

それが一番恐ろしい。母が行方を晦ませた理由と、兄が狙われた理由が通じているとしたら、兄はまた狙われるのではないだろうか。

「お前、母様の行方が気になるからと言って、何でもそこに繋げなさんな。それは関係ないから大丈夫だ」

利一はやけにはっきりと言う。その口ぶりは、ただ十和を宥めようとするだけではなく、明らかに無関係だと「知っている」様子である。

「もしや、その黒づくめの男にお心当たりがあるんじゃありませんか」

するとと利一は落ち着きなく目を泳がせてから、うん、と力強く頷いた。

「あるっちゃ、ある」

「何です」

「大体の女は俺が好きで、大体の男は俺が嫌いだ」

十和は、利一の軽口を聞き流した。

「ともかく勇様には一報を」

奉行所の勇三郎に言えば、下手人を探してもらえる。

「待て待て待て」

利一は慌てて十和を止めた。十和は兄のその様子を見て、眉を寄せる。

いよいよ兄は討手に心当たりがあり、それを庇おうとしているように見えた。十和の言葉に利一の目が落ち着きなく泳ぐ。利一は黙り込んだまま、十和に向かって愛想笑いを浮かべた。

「ほら、斬られて逃げたなんて、かっこ悪いことを言えば、勇三郎に笑われるだろう」

「年中、笑われているじゃありませんか。今更、そんなことを聞いたくらいでは、勇様は笑いもしませんよ」

いや、でも、と曖昧な言葉を繰り返す利一を見かね、十和は自らの手首をほぐすように振る。

「分かりました。では、討手は私が見つけて懲らしめてやりましょう」

十和が勢いをつけて立ち上がると、利一はその足にしがみついた。

「待て、待て」

十和の本気を感じ取ったらしい。利一を見下ろしながら、十和は怒りを隠さない。

「兄様に浅手とはいえ傷をつけ、のうのうと逃げおおせると思ったら大間違いです」

「分かったから、ともかく座れ」

利一の懇願に仕方なく座った十和は、唇を引き結んだまま利一を見据える。利一は膝を立てて頭を掻き、ようやっと口を開いた。

「多分、昨日の酒の席にいた人に関わるんじゃねえかって……」

「常磐津の師匠と、芝居小屋のお囃子さん。どちらです」

「……お囃子の金五郎爺さんは、ほら、お前も知っているだろう。子どもの時分からの付き合いだ。母様とも親しい間柄で、言うなれば後ろ暗さの欠片もねえ。多分、師匠の方だ」

常磐津の女師匠は、一つの町に一人はいるというほど。稽古事としては江戸っ子にとっては近しいもの。教える相手は芸の玄人から、趣味で嗜む町人まで幅広い。これでも芸事に通じた利一が通うというのだから、それなりの腕の持ち主なのだろう。

「どなたです」

「菊乃という。十和も一度は会ったことがあったろう」

十和は、記憶を辿る。確か、昨年の夏、芝の祭りに遊びに出向いた時に、十和と利一は神酒所に立ち寄った。そこにいた芝居小屋の囃子方、金五郎といた二十三、四の涼やかな見目の女が菊乃だった。旦那衆にせがまれて、菊乃がその場で常磐津を一節歌ったのを聞いたことがある。なかなかの美音であった。

「このところ、俺の書いた浄瑠璃に節をつけてもらっていたんだ」

「どうしてその人が、兄様を襲う理由があるんです」

「その人が……というか」

利一は首を傾げる。歯切れの悪い利一に、十和はずいと詰め寄る。

「このところ妙だったんだ。一月ほど前から何度か、一緒に飲んで行こうなんて言い出して」

菊乃は常磐津を教えながら、一方で昼は町娘相手に書や行儀作法などを教えていることもあり、身持ちが堅いと評判の師匠であった。大店の旦那衆の中には、なかなかいい女だから口説こうと通い詰めた人もいたそうだが、なびく気配がまるでない。その結果、御弟子が減ったこともあったのだが、腕が確かだったことから、最近では芸者衆の稽古に付き合うことも増えたのだという。

利一は芸事の繋がりということもあって、一緒に飲みに出かけることなどついぞなかった。それがこの一月ほど前から幾度か町中のめしやに誘われた。そんな時は決まってわざとらしく隣に座り、帰りは送ってほしいと言い、別れ際にいつまでも手を振る。そんなことが度々あった。昨晩も、そんな様子であった。

「それは、兄様に気があるのでは」

「そりゃ違う」

利一は即答する。

「どうしてです」

「分かるさ。こう……近くに寄っては来るけれど、薄板一枚向こう側にいるような。嘘くさい芝居に付き合っている感じだ」

「芝居ですか」

「ありゃ、俺との関係を誰かに見せていたんだろうな」

「誰ですか」

「知らん」

はっきりと言い切った。自信満々に言うことでもないと思うのだが……。

「では、菊乃さんに聞いてみるしかないじゃありませんか」

利一はううん、と唸ってから、そのままごろりと横になった。

「いいさ。こうして無事だったんだ」

利一はそのまま大あくびをして目を閉じる。

「今日はこのまま、日がな一日、ごろごろと転がっていようかな」

そう言うと、寝返りを打ち、十和に背を向ける。十和もそれ以上は聞いても仕方ないと諦めた。

「分かりました。とりあえず寝ていらして下さいな」

枕辺の団扇を取って、傷のあったところをパンと叩くと、

「痛っ」

と小さな悲鳴を上げる。その声を聴いて十和は立ち上がり、部屋を出た。

利一は菊乃という師匠を庇いたいと思っている。のっぴきならない事情があると察しているからだろう。

それは分かる。

分かるが、許せぬ。

昨晩、店の前の通りで倒れた兄を見た時、十和は心の臓が凍り付くかと思った。

母が行方を晦ませてからというもの、兄や父が少し帰りが遅いだけでも、十和は心配でならない。何度も外へ出ては通りの向こうを眺めているのを見て、女中の与志は笑いながら

「すぐに戻られますよ」

と言う。それでも不安で、無事に帰って来た姿を見てようやっと息をつく。

このところ少しだけ落ち着いて兄や父を待てるようになったのだが、昨晩のことで、また不安が押し寄せて来るのだ。

「兄様には悪いけど……」

勇三郎に報せることはできなくても、せめて菊乃という女の魂胆だけは知りたい。そうでなければ兄を守ることができない。

十和は一つ大きく息をつき、拳を握ると、足早に廊下を渡って行った。

風鈴売りが涼しげな音を鳴らしながら、大通りを歩いていく。十和は青地に流水紋の単衣に、白の帯という装いで風呂敷包みを片手に木挽町の芝居小屋へと入っていく。

芝居小屋はいつもと同じく忙しない様子であったが、衣装部屋に届け物を終えた

十和は、すぐさま舞台袖へと向かった。

そこに、見覚えのある小柄な老人を見つける。

「金爺さん」

十和の声に、囃子方の金爺は振り返った。

「おお、お十和ちゃん、大きくなって」

ここ五年くらいは同じ台詞で出迎えられる。

「昨夜は兄と飲んだそうで」

十和が言うと、金爺は嬉しそうに目を細めた。

「ああ、楽しかった。利一坊は相変わらず面白い」

幼い頃から利一を知っている金爺は、共に酒を飲めたのがどうにも嬉しかったらしい。

「今朝方、利一からの遣いだって小僧が、今日は小屋に来られないって言っていたけど、どうかしたかい」

利一は、十和が身支度をしている間に金爺に遣いを走らせていたらしい。

「ちょっと、風邪を引いたようで」

と十和が言うと、そうかい、と返事をする。利一が斬られたことなど知らぬ様子であった。

「それで、兄が菊乃さんのところに忘れ物をしたって言うんだけれど、菊乃さんのおうちはどちらかしら」

金爺は、ああ、と言って頷いた。

「家は鉄砲洲近くの石屋の裏長屋だが、今しがたここの囃子に出稽古で来ていて、さっき利一が来ているか聞きに来てね。来てないって言ったら、常葉屋へ行ってみるって言ってたが……その忘れ物を届けに来たのかもしれねえな」

十和は金爺への挨拶もほどほどに、芝居小屋を出た。顔見知りに呼び止められても、また今度、と慌てて今来た道を戻って行く。日差しの中、汗をかきながら西河岸町の店の前まで来ると、暖簾の前を行ったり来たりしている、三味線を抱えた女の姿を見つけた。粋な縞紋を纏う佇まいは、遠目に見ても惚れ惚れするようである。

菊乃であった。

十和は逃げられないように、ゆっくりとした足取りで菊乃に近づいた。

「もうし」

菊乃は、十和の声に弾かれたように振り返る。

「ああ、あの、常葉屋のお嬢さん」

「菊乃さんでいらっしゃいますね」

十和は神妙な顔つきで菊乃に歩み寄る。菊乃は、はい、と小さく頷いてから、怯(おび)えた様子で目を伏せる。

「あの……御達者で」

問いかける菊乃の声がかすかに震えている。それは、十和のことではなく、利一のことを尋ねているように聞こえた。なるほど、兄が騙(だま)されないと言った意味が分かる。この人はあまり嘘が得手ではないのだ。

十和は更にずいと一歩、にじり寄った。

「それが昨晩、大変なことになったんですが、ご存じありませんか」

菊乃は顔を上げ、そして不安げに十和を見つめる。

「若旦那(わかだんな)はご無事なのですか」

その一言ですぐに分かる。菊乃は利一が襲われたことを知っているのだ。十和は菊乃の手を取った。

「どうか、どうかせめて一目……会ってやって下さいませんか」

十和は涙を浮かべて菊乃を見やる。菊乃はその視線の先で見る間に青ざめていく。

十和はどうやら己の方が菊乃より幾分、芝居が上手(うま)いようだと思った。或(ある)いは、逃げようとすれば捕まえるという、覚悟の殺気めいたものが伝わっているのかもしれない。

菊乃は十和に言われるままに頷き、そろりそろりと足を進める。店先ではなく、裏木戸へと案内するが、その戸口の前で菊乃は足を止める。十和が

「せめても顔だけでも」

と言い募るので、愈々、何か覚悟を決めたような顔つきになっていた。

常葉屋の裏木戸から中へ入ると、開け放たれた縁から、利一の部屋が見えた。しかしそこに利一の姿はない。十和はやや慌てながら、後ろの菊乃を見る。菊乃は項垂れたままでおり、利一がいないことに気づいていない。

すると、

「十和、ちょっと手伝ってくれ」

と、声がした。それは座敷とは反対の蔵の方からである。見ると、利一が背負子に何やら詰めて運ぼうとしていた。

「背負うには肩が痛くてな」

十和が駆け寄ろうとすると、利一が十和の後ろにいる菊乃に気づいた。

「お、菊乃師匠」

菊乃は利一の様子を見て目を丸くし、次いでその場に崩れるように膝を折った。

「若旦那……ご無事で良かった」

利一は事の次第が分からず、菊乃と十和を代わる代わる見る。そして十和の様子から察したらしい。

「ああ、あの、あれだ。うっかり斬られたのは俺だから。あまり気にしなさんな」

ははは、と笑ってから、肩の傷がひきつったらしく、いてて、と声を上げる。

「兄様、寝ていて下さらないと」

「いや、余りに退屈だから、本と帳面でも枕辺に持っていこうと」

「運びますから。菊乃さんもこちらへ」

菊乃は戸惑いながらも頷いて、十和の後に続いた。怪我人であるはずの利一も、ひょこひょことその後に続き、十和に言われるままに寝床の上に胡坐をかいた。

「まあ、大仰に見舞ってもらうほどのことじゃないよ。十和が何を言ったか知らないが」

利一は十和を睨むが、十和はつんとすましたままでいる。暫しの沈黙の後、菊乃はぐっと唇をかみしめ、そして両手をつくと、畳に額をこすりつけんばかりに頭を下げた。

「申し訳ございません」

利一と十和は顔を見合わせる。菊乃は相変わらず頭を下げたままで動かない。

「いや……何をお前さんが謝ることがあるんだい。見舞ってくれて、頭を下げられたんじゃ、こっちが恐縮しちまうから」

利一の言葉に菊乃は小さく首を横に振る。

「いえ。若旦那が襲われたのは、私のせいなんでございます」

「どういうことです」

間髪を入れずに十和が問う。利一は十和を宥めるように目配せをするが、十和はその利一を睨んだ。

「だって兄様。斬られたんですよ。浅手だったから良かったものの、もし何かあったら耐えられません。兄様が何かしたというのならともかく、お稽古の帰りに襲われるなんて」

「おっしゃる通りでございます」

菊乃はゆっくりと顔を上げた。利一は菊乃の様子を見てから、うん、と小さく頷いた。

「お前さんが関わっているんだろうとは思ったよ。ただ、心当たりはない。話してもらえたら有難いなあ」

兄の暢気な口ぶりにいら立ちながらも、十和は改めて菊乃を見据えた。菊乃は手を膝の上にそろえて置き、ゆっくりと口を開いた。

「私は元は武家の出でございます」

さる小藩の生まれで、父はさほどの石高があるわけでもない下級武士であった。だが、菊乃は元より芸事が達者で、才覚もあることから、江戸屋敷の奥女中として推挙され、十二の年から藩主の姫君のお世話をする数ある女中の一人になった。姫君は菊乃の一つ年下で、菊乃は目を掛けられていたという。

姫君が十七となり、輿入れすることになった頃、十八になる菊乃もまた、嫁入りをすることになった。

「幼い頃より、国元で親しんだ幼馴染がおり、いずれはその者と夫婦になると、双方の家で話をしておりました。その許嫁、礼次郎様が江戸番となった折には、江戸で会うことも度々。遠からず、祝言を挙げようと話していたのです」

しかし、そこで思いもかけない話が持ち上がった。

「私が輿入れした後に、その方には兄上の奥に入ってもらおうかと思う」

姫君から言われたのは、姫君の兄で藩主の嫡男である若君の側女となるという話であった。若君は姫君と同腹で、姫君よりも十ほど年上であった。

「姫様。私は既に許嫁がございます。どうぞ、ご勘弁を」

辞退を申し出た。姫君は
「左様か。致し方ない」

と、許してくれた。そもそも若君には一度、姫君の宴の席に臨席した折に他の女中らと共に舞を披露したことがあるだけだ。顔も遠目にちらと見ただけ。それも一年以上も前のことである。何故、急にそういう話が持ち上がったのか分からなかった。

ともかくも、里下がりを申し出て、すぐさま礼次郎と祝言を挙げようと思っていた。

そんなある日のこと。江戸番で江戸に来ていた礼次郎が、遣いに出向いた帰りに夜討ちに遭ったという。背後から斬りかかって来た討手は三人。礼次郎は不意をつかれて深手を負ったが、うちの一人を返り討ちにし、残る二人にも深手を負わせて、何とか逃げ延びた。

「一体誰が、かようなことを」

菊乃は泣いたが、礼次郎はそれを宥めた。

「命が助かったのだ。大仰なことは言うな」

その時点で礼次郎は、何者が討手であるのかを知っていたようだった。

しかし時を置かずに受けた報せは思いもよらないものであった。

「そなたの許嫁が、兄上の小姓を殺めた咎で入牢した」

姫君からの話に菊乃は驚くしかない。何とかして礼次郎に会おうとしたのだが、既に国元に送られたとのことで会うこともできない。

「せめて一目会いたいので、里に帰りたい」

菊乃は姫君に願い出たが、聞き届けられることはなかった。姫君の輿入れの支度が忙しくなって来ており、菊乃もそれ以上は頼むことができずにいた。

やがて姫君からお召があった。

「そなたは兄上の元へ参るがよい。里へ帰るよりも、この江戸で兄上に仕える方がよい」

確かに、菊乃の母は早世しており、父は三年前に他界。里は従兄が継いでいたこともあり、帰ったとても懐かしい故郷とは言えない。礼次郎と夫婦になるほかに帰るところなどないのだ。

「若君の元へ参るべきやもしれぬ」

そう思い始めたのだが、せめて礼次郎がどうしているかだけでも知りたいと思い、江戸番で親しくしていたという侍に会うことにした。人づてに文を渡し、富岡八幡宮（とみおかはちまんぐう）で落ち合った。やって来たのは、礼次郎の親友で、菊乃にとっても幼馴染の一人、慎之介（しんのすけ）である。

「此度（こたび）の一件は、若君の謀（はかりごと）だ」

慎之介は開口一番に言った。

若君は予て（かね）から艶福家（えんぷくか）との噂もあり、十人ほどの女が、江戸の中屋敷と下屋敷にお手付きとして侍って（はべ）いるという。

「このままでは、側女を養うだけでも国庫を圧する」

家老たちも案じていた。礼次郎と慎之介は、殿からの覚えもめでたい若衆であり、若君の近侍でもあった。諫言（かんげん）をせねばならないと礼次郎が覚悟を決めた。

「若君。今少し、ご自重を」

それが若君は気に入らなかったらしい。当てつけのように江戸市中で芸者を落籍（ひか）しては屋敷に住まわせた上、女同士で相争う様を見て喜ぶ素振りさえ見せるようになった。

「これでは、いずれ跡目を継がれた折に家臣がついて参りません」

礼次郎は更に苦言を呈した。そのことに若君は立腹し、礼次郎についてあれこれと調べ始めた。そして菊乃のことを知ったのだ。

「礼次郎の許嫁と知って、側女にしようとした。それを拒まれたので、意趣返しに痛い目を見せようとしたところ、返り討ちにあった。後には引けず、討手を斬った礼次郎を捕縛したのだ」

「そんな……」

菊乃は不当に憤った。

「私が若君にお許しを願えば、礼次郎様は許されますか」

しかし慎之介は首を横に振った。

「そも、そなたに惚れていたものを断られた意趣返しではない。むしろ発端は礼次郎にある。今更そなたが若君の元に行ったとて、礼次郎を許しはすまい」

非道に対して憤るも、訴える先もない。里の従兄に言ったところで軽輩の武士のたわ言と一蹴される。一女中が訴え出ても、下手をすれば手打ちになる。

思い悩んでいるうちに、礼次郎は、お取調べの末に小姓殺しの咎により国の外れで道を整える苦役に配されることとなった。もはや遠流に近い扱いである。

菊乃は幾通もの文を書いたが、返事はなかなか来ない。ようやっと届いた文には

「そなたには、他の良縁を」

と記されていた。

菊乃は泣く気も起きない。つくづく腹が立ったのだ。

「私はいっそ御国を捨てて、町人になります」

口をついて出たのは、自らも思ってもみなかった言葉だった。

「早まるな」

と慎之介に言われ、親戚縁者にも叱られた。礼次郎からは「義理立て無用」と記された文が度々届いた。無論、礼次郎への義理もある。しかしそれ以上に、この先、若君が当主となる国にいることが嫌だったのだ。

「君子と仰ぐに足らぬ御方の元で、如何なる御仁に嫁ぐとも、私は幸せにはなれません」

菊乃は、かつて姫君のご指南として奥に上がっていた女師匠、美津に文を出した。

「そんなことなら力になりますよ」

美津は二つ返事で力を貸してくれた。その美津は囃子方の金爺の妻である。この夫婦の尽力で鉄砲洲に長屋を借り、常磐津の師匠となることができたのだ。

それから五年余り。礼次郎がどうしているのかは、常に心の片隅にあった。しかし、日々の暮らしに精一杯で、それは忙しなくも幸せでもあった。

しかし、ほんの一月ほど前のこと。

礼次郎の友、慎之介が訪ねて来た。久しぶりだと歓迎する菊乃とは裏腹に、笠(かさ)を目深に被(かぶ)り、戸口に立ったまま上がろうとしない。

「達者そうで何より」

「慎之介様も」

慎之介は国元で妻を迎え、今は子も生まれて恙(つつが)なく暮らしている。しかし一方で、友である礼次郎を助けることができずにいることを、悔やんでもいた。

「礼次郎が、放免となった」

それは、菊乃にとって朗報であった。これで再び礼次郎がお役を賜り、江戸番ともなれば会うこともできると思った。しかし、その思いに慎之介は首を横に振る。

「礼次郎に、お役を与えられることはない」

ようやっと苦役を終えたというのに、新たなお役を与えられなかった。無役のままで無為に過ごしている礼次郎を見かねた慎之介は、殿様への直談判を試みようとした。しかし礼次郎はそれを止めた。

「それではそなたに迷惑がかかろう。いっそ、国を捨てようと思う」

先祖から受け継いだ地を捨てるのは口惜しいとは思うが、その方が良い。慎之介も礼次郎の背を押した。今の主君には認められずとも、他の主君であれば話は違う。元来、有能な礼次郎ならば、新たな仕官先も見つかるだろうと思った。

礼次郎は国を離れることを申し出た。しかし、返って来た答えは、

「御構に処す」

とのことであった。

御構とは、武家の刑罰の一つで、奉公構いというものである。扶持を没収され、主家から追放されるのはもちろん、国にもいられない。ならばと、他の主君に仕えようとしても、構いが掛けられている以上は、それもかなわず、ともすれば捕らえられる。武士にとっては重罪に科される刑罰であった。

「どうして……」

喘ぐような菊乃の問いかけに慎之介は眉を寄せる。

「若君は、礼次郎を妬んでおられる」

礼次郎は、幼い頃から才気煥発で、殿からも目を掛けられていた。近侍となってからも、殿が礼次郎と若君を比べて評することもあった。

「積もり積もった妬みが、歪に噴出したのだろう」

と、慎之介は言う。

「では、礼次郎様は江戸にも参れないのですか」

構いを掛けられたものは、江戸や京、大坂といった土地に立ち入ることも禁じられる。しかし慎之介は首を横に振った。

「度を越した罰故、お上にまで知られるわけにはいかぬ。所詮は国の内だけの仕置きだ。江戸に出て来ることは叶う」

殿も若君の理不尽を知っているが、己の息子の非道に対して、諫めても直らぬものと諦めている節がある。そうなると、誰もその非道を止めることはできないのだ。

「せめて、会いに来て下されば……」

菊乃は涙ぐむ。慎之介は菊乃にずいと歩み寄った。

「若君の配下は、そなたのことを礼次郎の縁者として、時折見張っているという。礼次郎はそれを知って、猶更、そなたのことを避けている」

くれぐれも気をつけよと慎之介は小声でそういうと、そのまま立ち去って行った。

「それが、一月前のことでございます」

言われてみればこのところ、時折、長屋の辺りで侍を度々見かけていた。

「私は最早、武家の身分を捨てた身。ただ捨て置いて下さればいい。礼次郎様に会えないばかりか、私にまでそんな真似をしているとは思いもしませんでした」

それならばいっそ、誰か他の男でも引き込んでしまえば、流石の若君も菊乃からは目を離すのではないかと思った。とはいえ、長らく許嫁であった礼次郎のことを諦めるというのは、菊乃にとっては難しかった。

「恋多き女にでも生まれてみたかったものです。堅物というほどではありませんが、如何せん、こういうことになると、元の武家の女の性とでも申しましょうか。礼次郎様をおいて他に、思い浮かばなかったのです」

しかし、男っ気がなければ、いつまでも監視の目は緩まない。それならばいっそ、偽の情夫でも仕立ててしまおうと思い立った。誰かに頼もうにも、頼める相手もいないと困惑していたのだが、ある日ふと、稽古にやって来た利一を見て思いついた。

「若旦那ならいいんじゃないかって……」

利一は放蕩と言われており、芸事についての遊びは一通り心得ているが、好色というわけではない。それなりに女というものを知っているから、嘘は嘘と見抜くだろう。

「事情を話してお力添えを願おうかと思いもしたのです。しかし言い出すことができないまま……若旦那は、私の思惑を半ば察しながらも芝居に付き合って下さいましたね」

利一は、まあな、と相槌を打つ。

「お前さんはあんまり芝居が上手くない」

それでも、遠目に見ている若君の配下が勘違いしてくれればいい。若君が、菊乃と礼次郎の間が切れたと思えば、それで良かった。それまで付き合ってくればいい。さほど長い時はいらないだろうと思っていたのだ。

そして昨晩。金爺も交えて飲んだ時のこと。

「そろそろ俺は失礼するよ」

利一は早めに切り上げて帰ると言った。

「ではまた明日」

と言って、店で見送った。すると、店の小上がりに利一が描いた浄瑠璃の帳面が置き忘れてあった。

「あいつ、酔っ払って忘れて行きやがった」

金爺がそれを片手に利一の後を追おうとしていた。

「いいですよ、私が届けますから」

菊乃は金爺から帳面を受け取って、先を行く利一を追いかけた。

そこまで遠くへは行っていないと思っていたが、背中はすぐには見えなかった。
小走りで行くと、曲がり角を二つほど曲がったところで千鳥足の後ろ姿を見つけて駆け寄ろうとした時、菊乃と利一の間に、黒い人影が横切った。その人影は提灯（ちょうちん）を揺らしながら歩く利一の背後に近づきながら、すらりと刀を抜き放つ。人影が刀を振り下ろす瞬間、

「若旦那」

と、思わず声を張り上げた。

利一が振り返りかけたのと、人影が刀を振り下ろすのがほぼ同時。ぐあっと利一の悲鳴が聞こえたのだが、それ以上に驚いたのは、刀を持った人影がこちらを振り返った時だ。

「お菊……」

声は、礼次郎のものだった。利一が取り落とした提灯の灯（あか）りに照らされた顔を見て、菊乃は足を止める。利一が派手に天水桶（てんすいおけ）にぶつかってひっくり返る音がして、菊乃も礼次郎も我に返った。礼次郎は慌てた様子で逃げていき、菊乃はそのままその場を動けなかった。

利一のことは気がかりだったが、追いかけることで、礼次郎が捕らわれるのでは

ないかと思うと、追いかけることができなかった。

「申し訳ないと思いつつも、何もできず……」

菊乃は改めて利一に頭を下げる。

「いやいや、お前さんが声を掛けてくれたから、俺は足を止め、礼次郎さんは手を緩めた。転んで天水桶にぶつかったのは、酔っていたせいだし、こうして何事もなく動けるんだし」

言いながら腕を回して、イタタタと声を上げる。

「しかし、その礼次郎さんという方は、何故に兄様を斬ったのです。嫉妬ですか」

十和はつい強い口調になる。すると菊乃は首を横に振る。

「いえ、違うのではないかと」

礼次郎が利一に嫉妬して斬ったと言えば辻褄は合う。しかし礼次郎は、菊乃の姿にただただ驚いていた。利一が菊乃と関わりのある男だと知っていたら、あんなに驚くだろうか。では、礼次郎と利一の間に菊乃の知らぬ因縁でもあるのだろうか。

思い巡らせたが、菊乃には半ば答えは分かっているように思えた。

「若君の差し金であろうと……思うのです」

菊乃は絞り出すように言う。

「あの御方は、己の采配で人が……礼次郎様が苦しむ様が見たいのです」

「どういうことです」

菊乃を奪って礼次郎を苦しめようと思ったが、菊乃は自ら逃げた。ならば礼次郎を重罰に処して苦しめようと思ったが、それでも礼次郎は耐え抜いた。礼次郎の支えとなっているのが菊乃への想いであると、若君は考えている。

「若君は、若旦那を私のいい人だと勘違いしているのです。それを礼次郎様が斬れば、私と礼次郎様の仲は悪縁となり、互いに互いを憎み合うことになる。それによって堕ちる礼次郎様を見て嘲笑いたいのでしょう」

菊乃は自嘲するように笑う。十和は身を縮める。

「何とまあ……絡みつくように執念深い」

若君という人が、恋情から菊乃に執着したというのなら、まだ同情もしよう。しかしこれは、礼次郎への意趣返しでしかなく、己の立場をもって圧倒的な権力で礼次郎の暮らしを奪い、また、菊乃にまで手を伸ばそうとしている。

「礼次郎様が、若旦那に斬りつけたこと、改めて誠に申し訳ございません。ただ、庇いだてするつもりはございませんが、何かわけがあったと思うのです」

利一は腕を組み、そうか、と唸る。

しかし、十和は不貞腐れる。

「わけがあるって言ったって……」

いかなるわけがあったにせよ、利一に刃を向けた礼次郎とやらは許せない。

ここに至るまでの礼次郎の経緯を聞けば、菊乃への想いが深いことも分かる。菊乃を想い、縁を切る覚悟をしていたとしても、いざ、新しい男が出来たと知れれば、口惜(くちお)しくもなるだろう。真っ直ぐな男からしてみれば、江戸の「風来坊」と噂される頼りない総髪の若旦那なんぞ、斬ってやろうと思ったとしても、無理からぬことに思える。

「それで、菊乃さんは礼次郎さんを探されるのですか」

十和が問うと、菊乃は首を横に振った。

「何処におられるか……皆目見当がつかないのです。しかし、このままでは自ら命を絶たれることになりはしまいかと……」

菊乃は絞り出すように言う。

武士に戻ることもかなわず、菊乃も失った礼次郎が、唯一の道として死を選ぶことはあり得るだろう。

十和も利一もかける言葉を見つけられず、ただ黙って顔を見合わせるしかなかった。

夕暮れ近く、十和は菊乃を通りまで見送りに立った。

「若旦那にお怪我をさせて、申し訳ございませんでした」

菊乃は改めて十和に頭を下げる。

「いえ。師匠のせいではないと思います」

むしろ菊乃は助けてくれた。しかし菊乃にとっては、礼次郎の仕業であるということが、重く伸し掛かっているのだ。

その時ふと、軒先に伸びる枝が揺れた。

十和と菊乃がそちらを見やると、枝にかかる蜘蛛の巣に、一匹の蝶が捕らわれていた。羽を動かして逃れようともがくが抜けられず、糸の端には蜘蛛が身構えている。

菊乃はその様を黙って眺めながら、怯えたように顔色を失う。

菊乃の目にはこの蝶が己のように見えるのかもしれない。

十和は思わず手を伸ばし、蝶に絡まる糸を切った。蝶は、弱弱しく羽ばたきながら遠くへ飛んでいき、蜘蛛は糸の先で揺らぎながらまた新たな巣を張ろうとしている。

「菊乃さんは、どうなさりたいのですか」

十和は菊乃に向き直り、問いかける。

「どう……とは」

「礼次郎様を想い、案じる御心は分かります。構いが掛けられ身動きのとれぬ礼次郎様を、お助けしたいとお思いですか」

菊乃は目を見開き、次いで首を横に振った。

「無論、助けることがかなうのであれば、助けたい。されど私は無力な町人の女に過ぎません。お殿様や若君に何ができるわけでもありません。もしも礼次郎様が武士として命を絶つとお決めになったのなら、私には諦めるほか術がないのです」

確かに、構いを解くことができるのは、主しかない。その主の不興を買っているという点においては、礼次郎も菊乃も同じだ。何もできるはずがない。

菊乃が諦めを口にするのも無理はない。十和は何を言うこともできず、ただ遠ざかっていく菊乃の背を見送るしかなかった。

色とりどりの反物が広げられた常葉屋の店先は、常にない華やぎを増していた。接待をしているのは利一である。常とは違い、髷をきっちりと結い、落ち着いた青い縞紋に店の紋が入った羽織を着ている。なかなか立派な若旦那に見える。

「若旦那、お元気そうじゃありませんか。良かったですよう」

利一を見舞いに来たついでに着物を拵えようというので、柳橋やら深川やら、あちこちの芸者衆が代わる代わるやって来る。

「いやあ、深酒で酔ってけがをしてね。これがなかなか痛くていけない」

わざとらしく痛がって見せ、あらまあ、と慰められているのを横目に見ながら、十和はあきれ顔になる。

古参の番頭、善兵衛はやれやれと呆れながら利一を見やる。

「若旦那は商い上手だ。こちらに精を出していただきたいですなあ」

日ごろ、放蕩と呼ばれる利一だが、幼い頃から知る善兵衛は、商い上手だと予てからよく褒めていた。怪我の養生ということで、外へ遊びに出られない利一は、ここ三日は店に出ている。十和の目から見ても、知り合いのみならず初見のお客相手にも、上手く品を見立てて売っていく。

十和は、母を見て商いを学び、算盤もはじけるようになっていた。しかし利一のそれは、天性のものなのだろう。

「兄様のあの気性は羨ましいです。母様に似ている」

　すると善兵衛は笑う。

「お嬢さんは旦那様に似ているんですよ。目利きですし、算段が早い」

　善兵衛の言葉に十和は、そうかしら、と首を傾げた。

　芸者衆は、あれやこれやと買うものを決め、仕立てについても注文をして賑々しく帰って行った。十和は店先まで見送りに出た利一の背を見ながら、小上がりに広げられた反物を片付ける。

「おお、ありがとう」

　店に戻って来た利一は、十和と一緒に手際よく反物を丸めながら、手代に芸者衆の注文を伝える。

「いつもこうして商いをして下さるといいのに」

　十和が言うと、利一はいやあ、と首を横に振る。

「俺は店の主には向かないよ。母様も父様も言うだろう。俺は勘定が上手くないからね。その点は十和の方が上手い」

「そうやって誉めそやせば、私が喜んで働くと思っていらっしゃる辺りも、なかなか腹黒い旦那らしいですけどね」

　言うねえ、と笑う。その笑い顔を見て、十和は安堵する。しかし同時に、もしも利一があのまま礼次郎に斬られていたらと考えると、血の気が引く思いがするのだ。

その時、暖簾（のれん）が大きく上がり、ははは、と軽妙な笑い声と共に、大きな行李（こうり）を背負った男が顔を覗（のぞ）かせた。三十半ば、中肉中背。人懐こい顔で利一と十和を見やる。

「おや、随分と神妙な顔してはりますなあ」

「師匠」

「佐助（さすけ）さん」

利一と十和が声をそろえ、番頭の善兵衛も出迎える。

「旦那さんはいてますか。最近、ええ織物の職人を見つけましてん。見てもらおう思て来たんです」

「ああ、奥へ」

善兵衛は吉右衛門を呼びに奥へ向かう。十和は佐助に駆け寄り、その腕を摑（つか）んだ。

「師匠、何処に行ってらしたんですか」

「何処て、あちこち……それよりお嬢、何でっか師匠て。佐助でええですよ」

「そろそろまた稽古（けいこ）してもらわないと、腕が鈍（なま）っていて」

するとと佐助は素早く十和に向かって手を伸ばす。十和はその手をはしっと捕らえた。佐助はそれを見てにやりと笑う。

「たしかに、少し鈍ってますなあ」

佐助こそ、十和の体術の師匠であった。津々浦々を渡り歩く行商人であり、体術の名手でもある。

「ほな、それはまた後で。それより何でっか、若旦那まで神妙やけど」

利一は頭を掻きながら、首を傾げる。

「神妙ってほどじゃないんですけど、ちょっと聞いてほしいことがあるのです」

佐助は、はいよ、と気軽に請け合った。

吉右衛門と商いの話を終えた佐助を、待ち構えていた十和が手招きをする。

「いつもの蔵やな」

佐助の問いに、十和は

「そうです」

と言って、母屋の裏手の蔵の戸を開ける。佐助も慣れた様子で蔵に入ると、かかる梯子の上を見上げる。すると、屋根裏の小間から利一が顔を覗かせた。

「佐助さん、こっちです」

佐助と十和は梯子を上がった。

「相変わらず、散らかってまんなあ」

佐助は文句を言いながら、草臥れた座布団に胡坐をかいた。十和も利一と並んで座る。

「さっき、旦那から聞いた。若旦那、斬られたんやてな。下手人は誰や」

「構いをかけられた武士だそうです」

十和の答えに佐助は、へえ、と、頓狂な声を出す。

「よくもまあけったいな訳ありを拾うもんや」

佐助の言葉には時折、上方の音が混じる。それは最近上方に行っていたからなのだろう。先だっては会津に行っており、会津の訛りになっていた。その土地の言葉が抜けないというよりも、面白がっているようであった。

「ほな、事の次第を聞こか」

佐助に促され、十和と利一は菊乃から聞いたことを佐助に話す。佐助は暫く黙ったままでただ頷いていた。一通りのことを話し終えると、佐助はゆっくりと腕組みをしてから首を傾げた。

「それで、お前さんたちはどないしますのや」

利一はさて、と首を傾げる。

「正直なところ、どうしようもないと思うんですが……」

そう言いながら妹を見やる。十和は佐助を真っ直ぐ見据えた。

「私は礼次郎様と言う人に会ってみたい」

「十和が会ってどうする。菊乃さんの話の通りならば、どうしようもないだろう」

「確かに、菊乃さんの話が本当ならば、どうしようもない。それは分かります。でも、それだけではなく……どうして兄様を斬ったのかを、きちんと聞きたい」

佐助は首を傾げる。

「えらくご執心やねえ。確かに、人を斬ろうって輩を放っておいてええこたない。せやけど、下手に深入りすると却って危ないこともあるからなあ」

佐助の言葉に利一も頷く。

「十和は大仰なんだよ」

「兄様は、女人に甘い。菊乃さんが涙するからと言って、兄様が斬られたことに変わりないのですからね」

「そうは言ってもなあ……」

尚も宥めようとする利一を睨み、十和は膝の上に置いた手をぎゅっと握る。

「私は怖くて仕方ないんです」

十和は目に涙を浮かべてはっきりと言い切った。

「怖いって何が」

利一の問いに、十和は向き直る。

「私が斬られる分にはいい。でも、兄様や父様が狙われるのはいやです。母様のようにいなくなったらいやなのです」

十和にとっては、礼次郎の仕業を見過ごすことで、兄もまた母のように姿を消してしまうのではないかと不安なのだ。

十和の言葉に、佐助と利一は顔を見合わせる。利一は十和を宥めるように背を撫でた。

「驚いたんだな、すまなかった」

利一の声が落ち着いて響き、十和の目からは大粒の涙が零れた。十和は、自分が思っていた以上に今回のことで驚いていたのだと気付いた。

佐助はその様子をじっと見つめてから、居住まいを正した。

「お律さんのことは、私の方でも探しています。ただ、なかなか一筋縄ではいかず……申し訳ない」

こういう時、佐助と言う人はひどく畏まった物言いになる。先ほどまでの上方の訛りがふっと消えた。十和は、はい、と小さく頷きながら、無造作に手の甲で涙を拭ったた。

「どうか、礼次郎と言う人を見つけてください。そして、もう二度と兄様に手出しなどせぬようにしたいのです」

佐助は十和の視線の先で苦笑しながら、再び足を崩した。

「お前さん方兄妹は、私を何だと思っているんだろうね」

十和は利一と顔を見合わせ、声をそろえた。

「佐助さんです」

十和と利一は自然と声を揃えた。

佐助はふん、と鼻を鳴らすように笑い、それから大きく肩を回した。

「分かったよ。やるだけやってみましょう。無理だった時は、諦めておくれ」

佐助の言葉に、十和は安堵したように胸に手を当てる。

「佐助さんが来たから大丈夫」

十和の言葉に、佐助は肩を竦める。

「重責だなあ……ま、とりあえず今夜は寝かしてくれ」

佐助は小間を出て、梯子を下りていく。

「佐助さん、荷解きを手伝います」

十和はその後を追った。

蔵から庭に出て、奉公人たちが暮らす長屋の一間へと入る。十和が幼い時分から、母屋に近い一間は佐助の部屋になっていた。

狭い部屋の中はいつも荷らしきものはなく、今も佐助の置いた行李しかない。

「蚊帳、出しますね」

十和は部屋の押し入れにあった蚊帳を広げる。佐助はそれを手際よく吊るした。

佐助は昔から行商人として店に訪ねて来るのだが、裏口から出ていく時は、御店の旦那風であったり、芸人の姿をしていたり、侍の風体をしていることさえある。

「町中で見かけても声を掛けて下さるな」

言われていたが、およそ町中で佐助を見かけることはない。いるのかもしれないのだが、見つけられた試しがなかった。

「お役目のある人なのよ」

律が言っていた。それがどういう意味なのか、利一と十和は幾度か話したことがある。利一は

「幕府の隠密だな」

と言う。それはどういうことかと問うと

「内緒だから隠密と言うんだ。何をしているかは知らないさ」

と答えた。だが、佐助については利一のその突飛な説明が一番合っているように思われた。

蚊帳を吊るし終え、蚊遣りの香を焚くと、佐助はふと十和を見た。

「最近は、大人しくしていらっしゃるのかな」

十和は首を傾げる。

「御覧の通り、常葉屋の看板娘ですから」

夏らしい紗の袖を揺らして見せる。

「そいつは何より」

佐助はかつて、律に頼まれて利一と十和に体術を教えた。飽き性で逃げ出す利一に比べ、見る間に上達していく十和を見て、佐助は感嘆したが、同時に警告もした。

「強くなったと思い過ぎないように。無暗に振舞って、却って危うくなることもある。自らを守るためにも常には大人しく。但し、修練は怠らず」

繰り返し言われているので、日ごろは小袖が着崩れることのないよう、静かに歩き、大人しく振舞うことを心掛けている。

母、律もまた、佐助をただの行商人ではないと知っていたのだろう。そうでなければ、ただの商人相手に、我が子の修練を頼んだりしない。

「佐助に問いたいことは色々ある。しかし問うてはいけないとも思っている。

「佐助さんはいつまでこちらに」

佐助は、うん、と唸る。

「しばらくいるよ」

十和は頷いて部屋を出ようとした。

「お嬢さん」

足を止めて振り返ると、佐助は言いにくそうに頭を掻いてから、ようやっと口を開いた。

「お律さんは、生きていると思う」

その声は低く、はっきりとしていた。十和は思わず身を乗り出す。

「何か、分かったのですか」

佐助はぐっと奥歯を嚙みしめた。

「分かった……とは言えない。ただ、信じてくれていいから」

十和は佐助の目を真っ直ぐに見返す。

佐助には秘密が多い。その正体さえも曖昧だ。嘘だって上手い。

でも一方で、佐助は決して十和を傷つけたり、騙したりしない。そう信じてもいた。

母、律が無事だと、佐助が言った。これが気休めや慰めだとしたら、却って十和が深く傷つくだろうことを、佐助は知っている。その佐助が言ったのだ。

確信がある。佐助は何かを知っている。そして詳しくは言えないのだ。

問い詰めたい思いを堪えるように、十和は拳をぎゅっと握り締めて、佐助に向きなおる。

「信じます」

十和ははっきりと言う。佐助はその言葉を受けて、力強く頷いた。

翌日は曇天で、昼だというのに薄暗い。湿り気のせいで暑さが増しているようだった。

十和と利一は、上野の池之端にある古びた毘沙門堂の前に立っていた。その傍らには、着流しで腕を組む佐助の姿がある。

「ここですか」

十和が問うと、佐助は頷く。

「ああ、恐らく、礼次郎だろう」

佐助は昨晩の十和と利一の話を聞いて、すぐさま礼次郎と思しき者を見つけて来た。あまりの速さに利一が

「早すぎる」

と、文句を言うほどであった。

毘沙門堂の周りには人気もなく、置き忘れられた風車がカラカラと音を立てて回っているだけだ。

こんなところに礼次郎がいるのだろうか。いや、罪人が身を隠すには丁度いいのやもしれない。

そんなことを思いながら十和が一歩を踏み出すと、佐助がそれを止めた。

「私が先に。若旦那がその後に。お嬢さんは最後に来てください」

佐助は先を歩き、その後に利一と十和が続いた。御堂の壊れた格子戸を開けると、煤けた黒装束を纏った男が、戸口に背を向けて横たわっていた。人が入って来た気配を感じてはいるようだが、顔を上げる気配はない。

佐助はその男の傍らに寄り、すっと腰を下ろした。

「お前さん、礼次郎って言うんだろう」

その言葉を聞いた瞬間、男はばっと起き上がり、傍らの刀に手を伸ばす。が、佐助はその間に小刀を抜き、礼次郎の首元に突き付ける。礼次郎はそのまま固まった。刀の主である佐助を一睨(にら)みしてから、望まぬ来客の顔を確かめるように目線を動かす。そして、利一の姿を見て、

「常葉屋……」

と、呟(つぶや)いた。

「ご存じで」

利一はいつもの軽い口調で問いかけながら、ひょいと前へ足を出そうとする。十和は利一の腕を引いて、自らが盾になるように前に出た。

「兄様、ここまでです」

佐助が刀を突き付けていても、死ぬ気になれば礼次郎の腕は利一に届く。その境界を越えようとしていた。利一は十和に言われて、はいよ、と言うと、入り口近くにすとんと胡坐(あぐら)をかいた。十和はその兄の傍らに、膝(ひざ)を立てて腰を下ろす。いつでも立ちあがって、応戦できるようにしておきたかった。二人のその様を見ながら、佐助はゆっくりと小刀を下げた。同時に礼次郎も刀の柄に置いた手を離す。

「何の用だ」

礼次郎の声はしゃがれている。月代も伸び、髭も整えられておらず、目つきは剣呑だ。菊乃から聞いていた義に厚い男とは程遠い。草臥れた浪人そのものの様子であった。

「何の用と言われても、お前さんがどうして俺に斬りかかったのかを知りたくてね」

礼次郎は唇を引き結んだまま、利一を睨んでいる。利一はううん、と唸りながら首を傾げて腕を組む。

「違うな。むしろ、どうして斬りかかったのに、斬らなかったのかを聞くべきか」

利一の問いに、礼次郎が視線を泳がせた。

「お前さんは、菊乃さんが俺に声を掛けた時、迷いが出たんだ。そうじゃなきゃ、俺は死んでいたはずだ」

礼次郎の肩先から殺気が消えていくのが分かった。利一が淡々と語りかける声に、張り詰めていたものが解けるようだ。

「話してみてくれないか。俺らで力になれることもあるかもしれねえ」

利一の問いかけに、礼次郎は自らの腰の大小を右側に並べて置き、敵意のないことを示した。居住まいを正して座り、利一に向き直る。その様を見て佐助は、礼次郎に向けていた刀を鞘に納めた。

礼次郎は一つ大きく息をつく。

「そこもとが、お菊の……菊乃という女の縁者と思い、お話し申し上げる」

利一は、

「いや、縁者では……」

と否定しかけたが、十和はそれを止めた。聞けるものなら聞いておきたいと思った。

「菊乃さんの幼馴染(おさななじみ)で許嫁(いいなずけ)でいらしたと聞いております。故なき罪で苦役を強いられ、ようやっと放免になられたとか」

礼次郎は、十和の言葉に小さく頷いた。

「そこまでご存じか」

愈々(いよいよ)、利一と十和を菊乃の縁者だと思った様子である。

「某(それがし)が放免となったのは、半年ほども前のことになる」

ようやっと城下に戻ったが、かつての役宅は他の者の住まいとなり、老母は粗末な家に一人で住まっていた。いずれは小さな役なりともらえれば、母と共に暮らしていけると思っていたのだが、母は既に病に冒されていた。

「私のことは気にして下さるな」

母はうわ言のように言っていた。

母の元には、「きく」と書かれた文が幾通も届いていた。しかし母はそれに返事をしていないという。

「縁を切ってやるのが、お菊の為だ」

幼い頃から知っている間柄である。菊は新たに別の武士に嫁いでいるものと思っていたのだが、武家の身分を捨てて江戸で町人として暮らしているという。

「義理立てするなと言ったのに」

礼次郎は困惑しながらも、嬉しくもあった。或いは菊が礼次郎を待っていてくれたのかもしれないと思ったのだ。

ほどなくして母が亡くなった。最早、里に未練はない。そう思うと気が楽になった。

「国を捨てようと思う」

礼次郎の決意に、長年の友である慎之介も背を押してくれた。

「しかし、構いをかけられた」

礼次郎は声を震わせ、苦さを押し殺すように顔を顰めた。

どうして良いか分からなくなった時、若君の小姓の一人が、礼次郎の元を訪ねて来た。狭い役宅に向き合って座ると、恭しく奉書を取り出し、読み上げた。

「若君におかれましては、その方に御恩情を賜るとのこと。一人、不届き者を斬り捨てれば、構いを解いて下さる」

　まずは江戸に入り、示された宿に逗留する。そして当日になったら、呼ばれた場所へ行き、示された男を斬れという。

「一体、何をした男なのだ」

「そこもとに委細を語るまでもないが、藩に仇なす不届き者とだけ申しておこう」

「委細は問うなと」

「左様」

　そして小姓は、若君とよく似た、人を嘲るような顔を見せる。家中には今、若君と同じように、憐憫の情のない者ばかりが蔓延っている。礼次郎はうんざりして目を逸らした。

「断るならば、菊はどうなるか、分からぬと心得られよ」

「卑劣な」

　憤る礼次郎の前に、小姓は金を置いた。

「江戸への路銀でござる。確かに申し伝えました。若君への忠義を示されよ」

それだけを言い置くと、小姓は立ち去った。

礼次郎は目の前の金を摑んで、小姓が出て行った戸口に向かって投げつけた。それは甲高い音を立てて、粗末な土間に散らばった。

もういやだ。

武士として正しく、主に忠義を尽くして生きていきたいと思っていた。親にも、周囲にも、賢く強く、武士の鑑になれると褒められて来た。間違うことなく、真っ直ぐに歩んで来たはずなのだ。それなのに、仕えるべき主に人生を弄ばれ、家族にも苦労をかけた。最も大切にしたいと思っていた幼馴染の娘は、武家の身分を捨てることになった。

あまつさえ、ここで己が見ず知らずの男を斬らねば、再び菊に害を為すと脅す。

「いっそ、命に従おう」

その不届き者とやらが誰かは知らないし、若君の言うことを信じていいかも分からない。己一人のさだめであれば、人の道を守ることもできる。しかし、菊を引き合いに出されたら、己の道など守っていられない。

いっそ、その男に返り討ちに遭って命を落としてしまいたい。そうすれば、菊の命は守られ、己もこの苦しい人生から抜け出せる。

決意を固めて江戸に出た。そして命じられた通り、夜道の向こうから提灯を片手にやって来る男に狙いを定めた。近づいて来たのは、町人風体で、刀すら持っていない酔いどれの男だ。丸腰の相手に、斬りかかるのか。

迷いはあったが、通りの向こうで若君の遣いが見張っていることにも気づいた。逃げるわけにはいかない。礼次郎は通りに躍り出て、男の背後へと近づいた。その瞬間、

「若旦那」

という声が聞こえた。懐かしい声に手が揺れた。同時に男が振り返ったので、期せずして浅手を負わせることになった。

「声の主がお菊だと気づいた時、また嵌められたのだと思った」

若君の策なのだ。気に入らない者をねじ伏せるためだけに、己の人生が弄ばれている。そして菊もそれに巻き込まれているのだ。

「某がそこもとを斬っても、お菊は救われぬ。某が斬られた方が良かったのだが、そこもとは町人。刀を持ってはおられぬ。これより先、そこもとがお菊を守ってくれるというのなら、最早、某が為すべきことは何もない」

礼次郎は寂しげに口を歪め、目を伏せた。

利一は深くため息をつく。

「いやあ……嵌められたのは俺なんだけどなあ」

礼次郎は利一の言葉に顔を上げる。

「菊乃さんは、このところ誰かに見張られていると思っていた。それで俺を情夫だと思わせる小芝居を打っていた。まあ、巻き込まれていたんだよ。で、お前さんに斬られた」

礼次郎は利一の言葉がすぐには分からず、目を慌ただしく瞬かせた。

「では……」

「俺と菊乃さんは、常磐津の師匠と戯作者だ。それ以上でも以下でもないさ」

礼次郎はがっくりと項垂れた。

「不甲斐ない……何という見当違いなことを」

心底から己への憤りを覚えたように、拳を握り、膝を叩く。

「で、どうなさる」

重苦しい礼次郎とは裏腹に、利一は軽く問いかける。礼次郎は顔を上げて、改めて利一を見る。

「どう、とは」

「だから、これからどうなさる。恐らく俺を斬っても構いは解かれない。若君にしてみれば、お前様が俺に嫉妬して、菊乃さんと相対死にすれば大笑い。絶望して手前で腹を切ってくれれば高笑いだろう。その思惑通りにいくつもりかい」

利一の砕けた口ぶりに、礼次郎は眉を寄せながらも言い返せずに、唇を引き結ぶ。

「若旦那を斬るっていうなら、私も黙っちゃいませんよ」

佐助が再び小刀に手を伸ばす。しかし礼次郎は動かない。そして天を仰ぐ。

「どうしようもない。若君に仕える気は最早ない。無論、お菊に合わせる顔もない。行く当てすらなく、こんな寂れた毘沙門堂で蹲るほか、ゆく当てもない」

重たい沈黙が、御堂の中に降りて来る。

十和は、沈黙に耐えかねて、

「ああ、いやだ」

と、声を張り上げた。

その声に利一も佐助も礼次郎も、弾かれたように顔を上げる。

「兄様まで、この人に情けを掛けるような顔をなさいますな」

十和は礼次郎を指さしつつ膝を進める。

「まず一つ、うかがいます。貴方様は、常葉屋の律という女将のことをご存じですか」

不意の問いに、礼次郎は首を横に振った。

「いや……知らない」

「では、常葉屋については前々からご存じで」

「いや、此度、初めて知った。あまり、呉服屋に縁もなく……」

そこまで聞いて、十和はほうっと息をついた。

ともかくも、母、律の行方知れずと、此度の兄の刃傷には関わりがないと知れた。そのことに安堵した。

が、それはそれとして、腹に据えかねることもある。

「先ほどから、貴方様は己の不遇を嘆いておられますが、それより先にすることがあるでしょう」

礼次郎は何を言われているのか分からぬ様子で、十和を見つめる。

「兄に刃を向けたことをきっちり詫びて下さいまし。まずはそれからでしょう」

礼次郎は驚いたように目を見開いていたが、改めて利一に向かって頭を下げた。

「申し訳なかった」

利一は、いやいやいや、と首を振りつつ、身を乗り出す妹の袖を引いて下がらせようとする。しかし十和は利一を振り払う。

「質の悪い悪霊のような主を持ったことは、お可哀想と存じます。しかし、一度はその絡まる糸を断ち切るとお決めになったのでしょう。構いを掛けられたといって、そしてそれを解いてくれるからといって、言いなりになったら元も子もない」

礼次郎は無言のままで十和を見据えている。利一は十和の傍らで、

「いや、そりゃそうだが……」

と、宥めようとする。

「兄様も断られたというのに、もう少し怒ったらどうです」

「大した事なかったんだから、そんなに怒ることはないさ」

「怒りますよ。兄様はね、ぼんくらだろうが風来坊だろうが、大切な大切な私の兄様で、常葉屋の若旦那なんです。そこのところをぼんやりして忘れてもらっては困ります」

「……有難いような、貶されているような……」

利一は苦笑しながら頭を掻く。十和は改めて礼次郎をひたと睨む。

「礼次郎様。貴方様も軽々に死んで下さいますな。そんなことをすれば、菊乃さんが己を責めてしまいます。菊乃さんは、こんな有様とは知らず、まだ貴方様を許

嫁と思っていらっしゃる。もしもそれでも死にたいとお思いなら、その草臥れた様で菊乃さんをお訪ねなさいまし。そして、きっちり縁を断つなら断ってからになさいまし。中途半端に絡んだまんま、死なれたんでは後味が悪い」

「さすがに言い過ぎだぞ、十和」

利一が窘めるが、十和は止まらない。

「相手の素性を確かめもせずに斬りつけるような者に、かける情けはありません。武士として、そこに義のあるなしも分からぬようになったのなら、最早、敬うことなどありません。せめて、仁義を通して振舞うのが筋でしょう」

礼次郎は十和の啖呵に面食らっていた様子であったが、やがて、ふふふ、と笑い出し、それはいつしか哄笑になった。小さな毘沙門堂の中に礼次郎のくすんだ笑い声が響く。それが自嘲であることは、顔を見れば明らかであった。

「今日会ったばかりの町娘に嘲られても、無理からぬ。恥じるばかりだ」

「では、菊乃さんとお会いになりますか」

十和の問いに、礼次郎は頷いた。

「会おう。ただ、今少し身ぎれいにしたい。情けないのは致し方ないが、この有様で別れるのは無念故」

十和は確かめるように礼次郎の表情を見つめ、そこに決意を感じ取って頷いた。

「分かりました。では常葉屋が武士らしい装いを支度して差し上げます。餞別です。これをもって、二度と兄様に刃を向けぬよう」

「かようなことをされずとも、もう、そこもとに害を加える気は毛頭ない」

礼次郎は寂しげに見える笑みを見せた。すると佐助が頷いた。

「私が世話をしますよ。近くに小さな安宿がある。逃げないように見張りましょう」

礼次郎は既に逆らう気も失せたのか、忝いと礼を言った。

礼次郎を佐助に任せて、利一と十和は毘沙門堂を出る。空はすっかり暗くなり、今しも雨が降り出しそうな様子だ。

歩き始めてしばらくすると、ぽつぽつと雨粒が落ちてきて、やがて本降りになってきた。神田須田町まで来たところで、近くの茶屋に入り込む。

「降られたなあ」

利一はのんびりした口ぶりで言う。店の床几に腰かけて、運ばれてきた心太を食べながら、外を眺める。急に降って来た雨に右往左往する人々がいた。

「天の都合に振り回されるのは、仕方ないけれど。御主に振り回されるのではたまりません」

十和は、礼次郎のことを想って呟く。利一もまた頷いた。

「そうさな。御店の主も同じことさ。奉公人の人生を預かっている以上、無体をしないのが人の道だ。人の道に悖ることをすれば、裁かれるのが世の習いだが、御武家のお殿様ともなると、そうもいかないから口惜しいね」

町で起きる事件であれば、奉行所が裁いてくれる。町人同士であればもちろんだし、相手が武家でも幕臣であればお裁きがある。

しかし、他藩の武士ともなると、町奉行では手を出せない。藩の掟にならうため、その中で処罰が決まる。町人が巻き込まれても、藩邸に連れ込まれたらどうにも手出しはできない。

「母様も、もしかして何処かの藩邸にいるのかしら」

十和は思いついたことをふと口にする。利一はさあ、と首を傾げる。

「あの人のことだ。何処にいても我が物顔でいるだろう。ただ、帰れない事情があるだけさ」

明るい口ぶりで言う。十和は、はい、と頷きながら、兄の横顔を眺める。口ぶりとは裏腹に、利一もまた、母の行方を案じているのが分かる。その上で十和を気遣ってくれている優しい人なのだ。

「菊乃さんは、兄様に惚れなかったのかしら」

利一は苦笑する。

「何を言いだすかと思えば。好いた惚れたは理屈じゃねえさ。菊乃さんにとって、礼次郎さんは、切るに切れない人なんだろう。幼い頃、武士の子として出会った二人が、巡り巡って浪人と町人として再会する。それぞれに歩んだ日々があるからこそ、或いはすれ違うこともあるかもしれない。そう思うから、礼次郎さんは会いたくなかったんだろうな」

礼次郎は、菊乃の声で利一を斬るのを思いとどまった。それは菊乃を傷つけたくなかったからだ。そして同時に、己も傷つきたくなかったのだろう。礼次郎にとっての菊乃は、今も尚、唯一の寄る辺なのだ。

「酷なことをしていますか、私は」

十和の問いに、利一はうむ、と唸った。

「まあ、礼次郎さんにとっては酷だ。だが、菊乃さんにとってはいいのかもしれない。一筋縄ではいかないね」

十和はうん、と頷いて、共に並んで外の雨を眺めていた。

翌日、菊乃が常葉屋を訪ねて来た。利一は傷が治ったのをいいことに、またふらふらと出かけており、十和が店で出迎えた。

「兄様ときたら、ちょいと傷が治ったら、すぐに出歩いてしまって」

「ええ、存じております。先ほど若旦那が、訪ねてきて下さって、礼次郎様に会えると」

どうやら菊乃にそれを伝えた後、また何処かへ出向いたらしい。

「本日は、お見立てをお願いしたいのです」

「と、申しますと」

菊乃は自らの袖をしみじみと見る。

「ここ数年、常磐津の師匠として生きてきましたので、粋なものを好んで縞紋ばかり。礼次郎様にお会いするのに新しく仕立てたいのですが、お願いできますか」

と言った。

小上がりに座った菊乃は、広げられたいくつもの反物に目をやる。

「昔はよく着ていたのですが……」

そう言って合わせた薄紅に白で花紋の描かれた反物をあてがう。しかし、菊乃はそのまましばらく首を傾げて、そっと置いた。

「何だか、私ではないみたい。いつもはすぐに決めてしまうのに」

しかし、今日は幾度も迷い、首を傾げる。

「礼次郎様といた頃に戻ろうとしても、そうはいかないのですね」

菊乃は己の心があの頃とは違うのだと感じているようだった。

やがてふと、菊乃が一つの反物で手を止めた。それは、薄い藤色の上に紺で蜘蛛（くも）の巣が描かれた小紋である。中央には影のように紺の蜘蛛がいる。

「蜘蛛……」

菊乃は恐る恐る口にする。以前、蜘蛛の巣に捕らわれる蝶（ちょう）を見て、怯（おび）えた顔をしていた。

「蜘蛛の巣を纏（まと）うのは、どんな思いかしら……」

菊乃はそっと蜘蛛の巣に触れながら呟く。十和はなんと返すか戸惑った。その時

「お決まりですか」

と、父、吉右衛門が声を掛けて来た。手を伸ばして菊乃の持つ一反を取ると、それを床に広げて見せた。

「蜘蛛というと、嫌うお人も多くございます。しかし、蜘蛛は害虫を食らい、家に安穏をもたらしてくれる。朝露を浴びた蜘蛛の巣なぞは、それは美しいものです。

自らの手で巣を張り、餌を捕るその様は、実にたくましい。それ故、蜘蛛の巣は、自ら幸運を引き寄せる吉祥紋とも言われるのです」

「吉祥紋……」

菊乃は戸惑いながら言葉を繰り返す。吉右衛門は反物を広げて、菊乃に向かって差し出した。

「はい。見方を転じてみると、面白いものでございましょう」

菊乃は吉右衛門から反物を受け取ると、しばらく黙ってその反物を見つめていた。そしてそれを肩にあてがう。肩先に蜘蛛の巣を置き、袖口（そでぐち）にまで伸びる蜘蛛の糸を眺める。その場にすっと立ち上がり、菊乃はそれを纏ってみた。

「菊乃さん」

十和が問いかけると、菊乃は静かにほほ笑んだ。

「これにします」

十和はやや驚いて目を見張る。あんなに忌み嫌うように眺めていた蜘蛛の巣を、纏うと決めたのだ。

「よろしいのですか」

十和が問うと、菊乃はええ、と力強く答える。

「私はもう、ただ蜘蛛の巣に怯えていた武家の娘じゃない。この町でしっかり生きているんです。手前の腕で、声で、御足を稼いで人と交わり、生きて来た。むしろ幸運を捕らえる蜘蛛になりたくなりました」

菊乃の声音が強さを増した。

仕立てが上がったのは、それから五日の後のこと。礼次郎と会う日の朝である。

十和は、朝から仕立て屋に寄り、その足で鉄砲洲（てっぽうず）の菊乃の長屋に出向いた。

菊乃は鏡台の前で丁寧に化粧をして待っていた。髪も結いなおしたらしく、艶（つや）を増している。

「お待たせしました」

十和は長屋の小さな部屋で、仕立てたばかりの小袖を広げる。菊乃は襦袢（じゅばん）の上からそれを羽織り、白の献上帯を締める。粋と品の両方を兼ね備えた、凛（りん）とした佇（たたず）まいになった。

「素敵ですね、菊乃さん」

「ありがとう」

つい先だって、苦悩の中にいた菊乃とは別人のように、潑剌（はつらつ）としていた。

待ち合わせた大川沿いの茶屋に向かう足取りは、決して軽いものではない。

再会するのを心待ちにしていた。しかし一方で、これは永久の別れになるかもしれないのだ。僅かな距離ではあるが、菊乃はゆっくりと歩き、十和もそれに合わせていた。

蟬の声がこだましている。

やがてたどり着いた小さな茶屋の前には、利一と佐助がいた。そしてその傍らには、常葉屋が仕立てた黒紋付に袴を身に着け、腰には二本差し、月代を青々と剃り上げた礼次郎がいた。その姿は、先日の毘沙門堂の中で蹲っていた浪人とは別人のように爽やかだ。これが本来の礼次郎なのだろう。

菊乃はその姿を見てしばし足を止めた。礼次郎もまた、菊乃の姿をじっと見つめている。菊乃は一つ息をつくと、ゆっくりと歩み寄り、深々と頭を下げた。

「ご無沙汰しております。お元気そうで何より」

「そなたも」

礼次郎の言葉は短いが、そこに万感の想いが込められているように聞こえた。しばらくそのまま無言でいたのだが、

「ささ、二人で積もる話もありましょう」

利一の言葉に促され、川沿いの床几に並んで腰かけた。

「聞き耳を立てたいところだが、そいつも野暮だからなあ」

と、利一はぼやき、十和と佐助の三人で店の戸口の床几に座り、麦湯を飲みながら、二人の後ろ姿を見ていた。

「礼次郎さんは、どうなさるんでしょう」

十和の問いに、佐助は眉を寄せる。

「惜しい男だよ。才覚もあるし、剣の腕も立つ。道理を弁えていて、武士として申し分ない。あの男にお役を与えないとしたら、それは主の無能だと思う」

佐助はこの五日、礼次郎が逃げ出さないようにと、安宿で共に過ごしていた。その間、湯屋に行き、髪結い床に行き、飯を食い酒を飲みしている間にあれやこれやと話していたらしく、すっかり礼次郎を気に入っていた。

「構いがなければ、すぐにも仕官先は見つかるだろうに」

確かに、あの毘沙門堂での様子とは違い、今の礼次郎は凛とした武士に見える。遠目に見る二人の様子は穏やかで静かだ。訥々と何かを語り、互いに頷き合う。

「摑み合いでも殴り合いでもすればいいのに」

十和がぼやくと、利一は笑う。

「長屋の女将さんと亭主ならそうだな。それでもあの二人はやっぱり御武家なんだろうな」

「人の性なんて、さほど変わりはありますまい。御武家だろうが、町人だろうが。目鼻がついて食べて寝て」

二人のやりとりを聞きながら、煙管で煙草をふかしていた佐助は、呆れた様子で肩を竦める。

「おっしゃる通り。人の性は変わらない。でも、身分とか立場に振り回されるのも性のうちでしょうなあ」

佐助の言葉は、十和にとって分かるようでもあり、分かりたくなくもある。

「あとはお二人に任せて、私たちは帰りましょうか」

十和が言うと、

「それもそうだな」

と、利一が言った。佐助も頷いて立とうとしたその時、川沿いの二人が席を立った。まだ、小半時も経っていない。

三人が顔を見合わせているうちに、二人はゆっくりとこちらに向かってくる。礼次郎が先を歩き、三歩遅れて菊乃がついてくる。

「色々とお世話をおかけしました」

礼次郎は威儀を正して頭を下げる。菊乃もそれに倣った。

「これからどうなさる」

利一の問いに、礼次郎は静かにほほ笑む。

「今一度、国元に戻ります」

十和は驚いて礼次郎を見つめ、次いで後ろに控えめに立っている菊乃を見た。菊乃は唇を引き結んだままで何も言わない。

「それでよろしいのですか」

礼次郎は、主命である利一の襲撃に失敗している。元より下らぬ主命だが、これまでの若君の所業を見れば、如何なる仕打ちが待っているか。ともすれば、命も危ういだろう。

「武士でございますれば、致し方ありますまい」

礼次郎は、寂しさを滲ませながら、苦笑を浮かべる。そこには覚悟があるのだと、十和ですら感じた。

「そうかい」

利一は言い、佐助は黙った。

礼次郎は今一度、菊乃を振り返る。

「お菊、達者で」

言われた菊乃は、か細い声で、はい、と言った。

礼次郎は十和、利一、佐助、菊乃と、それぞれをしっかりと見てから、改めて深々と頭を下げた。

「世話になり申した」

そして、顔を上げると、笑顔を浮かべ、そのまま踵(きびす)を返す。

迷いのない一歩を踏み出した背には、黒地に白い紋が見える。それが、礼次郎の背負っているものなのだと、十和は思った。

だが、次の瞬間、十和の傍らにいた菊乃が、だっと駆け出した。裾(すそ)が乱れるのも気にせず、大きく腕を伸ばす。蜘蛛(くも)の糸が描かれた菊乃の袖(そで)先が、礼次郎の黒い袖をぐっと掴んだ。

礼次郎が勢い振り返る。

「お菊」

「いやです」

菊乃の通る声が真っ直ぐに響く。礼次郎は戸惑ったように菊乃を見た。

「にわかに何を……」

「いいえ、いやです」

「先ほどは、相分かったと申したではないか」

困惑を満面に浮かべた礼次郎を、菊乃は真っ直ぐに見据えた。

「先ほどは間違っていました。私はいつも、礼次郎様がかくありたいと望む姿に応えたいと思っていました。礼次郎様が御武家として凛とありたいと望むなら、私も武家の娘として振舞おうとしてしまった。でも、こうして背を向けられるのは耐えられない」

菊乃は袖を摑んで離さず、礼次郎もまたそれを振り払おうとはしない。ただ、菊乃から目を逸らして俯く。

「どうしろと言うのだ」

「武士でなくても良いではありませんか」

菊乃は言いたくて言えなかった言葉をようやっと吐き出して、肩で息をする。

武士の身分を捨てて町人となれば、「御構」などあってもなくても関わりない。仕官などせず、商いで稼ぐ分には、お上も国も何も言わない。しかしそれが礼次郎にとって、死よりも難しいということも分かっていた。だから言い出せなかった。

「たわ言を」

礼次郎が袖を振り払おうとする。しかし菊乃は今度は腕を摑み、力を込める。

「私にとって礼次郎様は、御武家だから大切な方なのではありません。幼い頃、木登りをするのが苦手なのに、私のために凧を取ってくれて、下りられなくて泣いていた人で、一緒に山道で迷子になった時、手を繋いで帰ってくれた人で、風邪で寝込んだ時に桑の実を持ってきてくれた人で……」

言い募りながら、菊乃は涙を浮かべる。その様は頑是ない子どものようで、粋で瀟洒な常磐津の師匠の面影も、淑やかな御武家の娘の面影もない。でも、だからこそ真っ直ぐ響くその声は、礼次郎だけではなく、十和にも利一にも佐助にも刺さる。

「今、御国に帰ればどういう目に遭うか分かりません。御武家としての矜持のために、命を捨てるなぞ……そんなことのために私の大切な人を失うわけにはいかない」

「そんなこと……と」

「そんなことですよ」

菊乃は譲らない。

「それが気に障るというのなら、どうぞ武士の魂とやらの刀で私を斬り捨てて下さいまし。いっそその方がいい」

武家として振舞おうと気負っていた礼次郎の顔が歪む。苦さと悔しさを滲ませながら、眉を寄せる。

「しかし……武士を捨てて何になる」

「何なりと」

菊乃はきっぱりと言い切る。

「武士のほかにも生きる道はたんとあります。私も町に出て知りました。礼次郎様の真価を知らぬ主など、最早、主ではございません。捨てるつもりの命なら、私にお預け下さいまし。このまま、菊の側にいらして下さい」

菊乃は礼次郎に歩み寄り、その肩に額を預けた。礼次郎が肩の力を抜くのが分かった。

利一と十和は互いを見合い、佐助もまた頷いた。三人はそっと、その場を離れる。

大川の緩やかな流れに、西に傾き始めた日の光が、眩しく光る。蟬の鳴く声を聴きながら、利一は大きく伸びをした。

「あの小袖は、十和が見立てたのかい。いい仕事をしたね」

十和は首を傾げる。

「いいえ、菊乃さんが蜘蛛の巣がいいとおっしゃったんです」

「見事に糸で摑んだねえ」

これまで、捕らわれる蝶だった菊乃が、捕らえる蜘蛛になった。

「捕らわれたからには、礼次郎さんも易々とは逃げられますまい」

「これからどうなるかね」

利一のつぶやきに、佐助が笑う。

「ま、武士をやめた連中の仕事ってのも色々ありますよ。寺子屋の先生やら、代筆やら……はじめのうちは常磐津の師匠のひも暮らしでもいいじゃないですかね。存外、二人ともにたくましいかもしれませんよ」

遠目に、重なるように佇む二人が見える。菊乃の小袖に描かれた蜘蛛の巣は、確かに幸運をつかむ吉祥紋になった。十和はそのことがただ嬉しかった。

第三話　更紗の文様

見上げると、日が少し西に傾き始めていた。秋のはじめの頃のこと。

十和が日本橋を歩いていると、通りの向こうから一人の娘が駆けて来る。ぱっと花が咲いたような雰囲気で、周りの者が通りすがりに振り返る。黒襟に朱の縞紋の小袖、裸足に下駄という砕けた装いは町娘らしい気さくさを感じさせた。

その娘は誰かに追われてでもいるのか、何度も後ろを振り返る。すると娘の後ろから、細身のひょろりとした男が走って来た。そして、娘に追いつくなり、その腕を摑んだ。

「少しだけ話したいんだよ、お千枝」

痴話喧嘩かと思われたが、娘の顔は困惑と恐れで強張っており、何とかその腕を振り払おうとする。

「いえ、その……若旦那。またお店にいらして下さいな」

「それじゃあだめなんだよ」

眺めていた十和はふと、辺りを見回した。通りには人も多く、ここで立ち回りというわけにはいかない。しかし、このまま素通りもできない。こういう時は、母、律の真似をするのが一番良い。

「あら、お千枝ちゃん。探していたのよ」

十和は声を張る。千枝という娘は、一瞬「誰」という顔をしたのだが、十和の目(め)配(くば)せに合点したらしく、ほっと表情を和らげた。

「良かった。ちょうど会いに行くところだったの」

千枝は十和に近づこうとするも、男は十和を睨(にら)みつけ、千枝の腕を離さない。力を込めたらしく痛みに顔を歪める。

「誰だいお前は。私が千枝と話しているのに」

十和は男の頭のてっぺんからつま先までを眺めやる。ひょろり男は、縞紋の小袖に紋付の小紋の羽織。印伝の煙草入れには象牙(ぞうげ)の根付と、羽振りの良い若旦那といった風情である。偉そうな態度から見て、それなりの大店(おおだな)のぼんくら息子なのだろう。

……脛(すね)を払って、みぞおちに肘(ひじ)打ち、手刀で首筋を一撃で片付きそうだな、と思った。しかし相手が何者か分からないから、下手をして常葉屋のお得意様だといけない。

「あいすみません、お話の最中でしたか。でも、困りましたね。私がこれから奉行所のお役人にお会いするのに一緒に来てもらう約束で……あ、あちらにいらした。勇様、こちらです」

と声を張った。十和が細い路地の方に手を振ると、ひょろり男は小さく舌打ちして千枝の手を離す。そして改めて千枝に向き直ると、にっこりと笑って見せた。

「また、今度」

当人は微笑んでいるつもりなのだろう。千枝も愛想笑いで会釈を返そうとして引きつっている。その隙に十和は千枝の手を取って、引き離すようにぐいぐいと歩き始めた。

通りに勇三郎がいるわけではない。ただあのひょろり男の視界から逃げるように路地へと飛び込んだ。

「ごめんなさいね、お節介だったかしら」

十和が問うと、千枝は胸をなでおろして、首を横に振る。

「いえ、助かりました。あの若旦那には困っているんですよう」

「あの方、何方(どなた)です」

「神田の御用達の味噌(みそ)問屋、伊勢屋(いせや)さんの次男だとか。よく知らないんです」

「よく知らない人に付け回されていたんですか」

「はい。一度か二度、お会いしているんですが」

「それは難儀でしたね……少し、ほとぼりが冷めるまで家にいらして下さい。家の者に送らせますから」

「でも……」

「年の近い娘同士、遠慮は無用ですよ」

十和に言い募られ、千枝はふわりと人懐こい笑みを浮かべた。

「では、お言葉に甘えてしまおうかしら」

そして西河岸町の常葉屋の前までやって来ると、看板を見てはたと気づいたように目を見開いた。

「もしや、常葉屋のお嬢さんなんですか」

千枝の言いように、今度は十和がやや驚きながら頷(うなず)いた。

「じゃあ、利一さんの妹さんだ」

急に気安い様子で喜んでいる千枝を見て、どうやら兄の広い顔が、この娘にも知られているらしいことが分かった。

店の中へ入ると、珍しく店先に兄の利一がいた。そして千枝の姿を見つけると、

「おお、久しいなあ」

と、笑顔を見せた。

「若旦那、ご無沙汰（ぶさた）です」

「兄様、御存じの方でしたか」

「ああ、不忍池の池之端にある茶屋のお嬢さんでね。澤瀉屋（おもだかや）の若いのに連れていかれて」

ははは、と笑いながら、そのくせ利一は名を思い出せていない様子であった。それを察した千枝は、十和に向かって改めて頭を下げる。

「不忍池の茶屋、雀屋（すずめや）で茶汲（ちゃく）みをしております、千枝と申します」

「お千枝さん。私は十和と申します」

十和もまた、改めて挨拶（あいさつ）をした。

「若旦那のことはよく覚えているんです。面白い御人だったから」

「また、兄様は何かおかしなことでもなさったんですか」

利一はこれと言って心当たりがないらしく、誤魔化すように言葉を継いだ。

「それで、今日はどうしてここへ」

「ついさっき、妹さんに助けていただいて」

千枝の言葉に、利一はへえ、と頷きながら、案じるように十和を見る。

「助けたってほどのことじゃありませんよ。おかしな男に声を掛けられていたので、こちらに呼んだんです」

利一は十和と千枝を見比べてから、どうやら力に訴えたわけではなさそうだと判じたのか、ふうん、と頷いた。

「それより兄様、珍しいですね。御店にいらっしゃるなんて」

「ああ、知り合いの義太夫の師匠が、今日、見立てに来ていたからね」

見ると、小上がりにはいくつもの反物が広がっている。男物なので、色目は渋いが、胴裏には敢えて鮮やかな鬱金の染物を誂えたらしい。隠れたところに気を配る、洒落の分かる人なのだろう。

すると千枝が、反物一つを手に取ってじっと見つめて首を傾げる。

「これ、型染めですか」

型染めとは、和紙や木型で模様を描き、それを布に染めていく技法だ。

「そう。秩父の方の職人の品でね」

そこには、薄い紅色の上に紫で観世水模様が描かれていた。観世水の模様は、能楽に所縁があり、歌舞伎や義太夫などの芸事をする人にとっては馴染みの模様でもある。

千枝はその他にも並べられている品を一つ一つ見る。そしてふと顔を上げて、利一に問いかけた。

「八王子辺りから仕入れているものはありますか」

「良く知っているね。それもあるけれど……」

利一は後ろにいた番頭の善兵衛を振り返る。善兵衛は勝手知ったる様子で、棚の中からいくつかの反物を取りだすと、それを広げて見せた。いずれも上質な絹で、無地のものが多い。あとは決まりの江戸小紋といったところである。

千枝はしばらく黙ってそれらを眺めていた。

「どれか、欲しいものがありますか」

若い娘であれば、色鮮やかな絹を見て、欲しいものもあるだろう。十和の問いに、千枝は肩を竦めた。

「いえ、常葉屋さんで私が買えるようなものなんて、ありゃしませんよう」

明るく笑いながら十和と利一の様子を見て、何か覚悟を決めたように息を整える。

「これもご縁と思って……思い切ってお願いがあるのですが」

「改まって何だい」

「実はちょっと見て頂きたいものがあるんです」

利一は首を傾げる。千枝は怪訝そうな利一の様子を見て、頭を振った。

「何も怪しいもんじゃありませんよ。染の布なんですけど、目利きの常葉屋さんのご意見を聞いてみたくて」

利一は、ふむ、と頷きながら傍らの十和を見やる。十和もまた膝を進めた。

「どんな御品なんです」

「その、こんな風に、版で染めているんです。それが良い品かどうか……私は気に入っているんですけど」

千枝は語尾にいくにつれて声が小さく、ぼそぼそと項垂れる。どうやら何かしら、思い入れのあるものらしい。

「構わないよ。どれだい」

「あ、今はないんです。今度……」

「それなら一度、雀屋に行くよ。見るだけならばお安い御用だ」

な、と十和に同意を求めるように言う。いつの間にか十和も行くことになっているらしい。

「では、私も参ります」

「ありがとうございます」

千枝は緊張を解いて、ふわりと柔かい笑顔を見せた。

するとそこへ、どたどたとした大きな足音と共に、大柄な男が顔を覗かせた。

「あれ、宗助さん」

千枝は驚いた様子で男を見た。宗助は、二十一、二といったところか。たすき掛けに前掛けをした職人風の男である。

「ああ、来た来た。さっき、呼びにやったんだ。もう薄暗くなって来たのに物騒だからさ」

利一は宗助に軽く手を挙げて挨拶をする。宗助は慌てた様子で前掛けを外すと、勢いよく頭を下げる。

「雀屋の店主だよ。腕のいい菓子職人なんだ」

「滅相もねえ。この度はうちの店の者がご厄介をおかけしました」

恐縮したように言い、改めて千枝に向き直る。

「大事ないかい」

「ええ、一人で帰れるのに……」

不服を言いながら立ち上がった千枝に、十和が提灯を差し出す。

「先ほどの男のこともあります。暗がりは気を付けた方がいいから」

宗助は深々と頭を下げる。千枝は、店先まで見送りに出た十和と利一を振り返り、

「きっといらして下さいね」

と、念を押した。遠ざかって行く二人を見送って店に入りながら、

「それにしても、兄様は顔が広いですね」

十和は利一を見上げて言う。

「広いと言って、一、二度、茶屋に寄っただけだよ。むしろ覚えられていたことに驚いた。何せ、雀屋は繁盛しているからねえ」

上野不忍池の池之端にある雀屋は、大川端にある料亭、若竹(わかたけ)の主(あるじ)が始めた店である。元は老夫婦がやっていた小さな店だったのだが、夫が亡くなり、ほどなくして妻が倒れた。そこの団子が気に入っていたという若竹の主人が、老婆の看病から看取(みと)りを一手に引き受けた縁で、店を譲り受けたのだ。

新たに店をやることになった主は、

「ここはやはり、若い茶汲(ちゃく)み娘がいた方がいい」

と、若竹の仲居の中から若い娘を三人選んで、店先に立たせた。

「何せ、料亭の仕入れの余りで作った菓子と茶だから、値の割には美味(うま)い。その上、

華やかな娘たちがいるので評判の繁盛店だよ」

茶屋の茶汲み娘は、男客のみならず、若い女客も呼び寄せる。その着物の着こなしや、前掛けの色や模様まで話題になっており、中には浮世絵に描かれる娘までいるという。

「大店のお嬢さんや、女義太夫、花魁や売れっ子芸者に比べると、茶汲み娘は身近でいいんだろうねえ」

中には大店の若旦那に見初められて玉の輿に乗った娘もいるという。

「澤瀉屋の若い役者の一人が、あのお千枝さんが贔屓でね。御相伴に与ったのさ」

「遠目に見ても華やかで、人目を惹く娘さんだと思っていたんです。でも、質の悪い贔屓客がいたみたいで」

「そうさな、吉原なら男衆が守るし、芸者だって、置屋が守る。お嬢さんなら家の者が厳しく目を光らせている。その点、茶汲み娘は難しいねえ。危なっかしくていけない」

ちらりと十和を見やる。

「母様がお前さんに体術を教えたのは良かった。とはいえ、中にはお前さんよりよほど強い輩もいるから、過信しないように」

「分かっています」

でも、今日の男は倒せた気がする……と、確かめるように拳を振るうと、利一は眉を寄せる。

「物騒な動きは止めて、店じまいをするよ」

はあい、と返事をする。善兵衛は兄妹のやりとりを笑いながら眺めていた。

翌日、利一が千枝の店に行くというので、十和も一緒に出向くことにした。

十和は青地に波千鳥の小紋に、黒と緑の市松模様の帯を立て結び。涼やかだが、ぱっと人目をひく華やかさもある、大店のお嬢さんらしい装いである。利一は十和と色合いを合わせた紺地に黒の縞紋の小袖に黒の帯を締めていた。

上野には、将軍家の菩提寺である寛永寺をはじめ、寺が集まる。比叡山と対を成す東叡山と称され、多くの参拝客が訪れていた。弁天堂を囲むように広がる不忍池の畔には、いくつもの茶屋が並んでいた。その中でも絶えず客が出入りして、繁盛している店があった。

「あれが、雀屋さんですか」

十和が指さす先で、若い茶汲み娘が三人、いずれも色鮮やかな小袖に、赤い襷をかけて甲斐甲斐しく立ち働いている。笑顔で応対する様子は明るく、客は茶や団子よりも、娘たちに夢中のようだ。

「あ、お千枝さん」

十和が千枝の姿を見つけて、遠目に手を振る。すると千枝も気づいたらしく、こちらに手を振った。すると客たちの視線がぎろりとこちらへ向かう。妬(ねた)みを含むその目線から逃れるように、利一は十和の影に身を隠した。客は、茶汲み娘が、どこその御店(おたな)のお嬢さんらしき娘に手を振っているのを見て、表情を和らげた。

「さすがは人気の茶汲み娘だねえ」

「兄様、一人でいらしていたら、妬み嫉(そね)みで刺されそう」

「よしてくれ」

利一はくわばらくわばら、と中途半端なまじないを唱えながら、茶屋へ近づいた。

店は小さなもので、店内は三畳ほどの小上がり。店先の庇(ひさし)の下には床几(しょうぎ)が三つ並んでいる。品書きはいたって簡素で、茶と団子に、時折、饅頭(まんじゅう)が出る。

「ようこそいらして下さいました」

店先の床几に腰かけた利一と十和に、千枝が茶と団子を出した。団子は黄な粉をまぶしたもので、香ばしい香りがしている。十和は早速、団子に手を伸ばして口に入れる。ふわりとした口当たりで、香ばしさと甘さが広がる。

「美味しい」

思わず顔がほころんだ。それを見た千枝は、誇らしげにほほ笑んだ。

「料亭の若竹から米や砂糖が入っているし、料理人も本店の見習いさんなんです」

千枝が示す店の中を見ると、先だって千枝を常葉屋まで迎えに来た大柄な男、宗助が、小さな台所で一人で団子を作っていた。千枝は、利一と十和と話をしたい様子であったが、別の客に声を掛けられ、

「はあい」

と忙しなく立ち働いていた。やがて客足が少し落ち着いた頃合いを見て、千枝は奥から一つの風呂敷包みを持ってきた。

「わざわざ来ていただいたのに、お待たせしちゃって……」

そう言いながら、包みを床几に置いて、手を前掛けで拭う。

「可愛らしい前掛けですね」

赤の菱の中に緑の花が描かれた模様が散りばめてあり、装いによく似合っている。

千枝はぱっと顔を明るくした。

「そうですか。御店の皆で揃えているんです」

見ると、確かに他の茶汲み娘も同じ前掛けをしていた。十和は千枝の前掛けに触

れると、それは木綿のようである。

「木綿を染めているんですか」

「はい。木を彫った判子のようなものを作って、それを押して模様をつけるんです」

利一もしみじみと見やり
「木版染めかい。いいねえ」

と言った。すると千枝は、ふふふと笑う。

「若旦那、以前いらした時にも、私の前掛けを褒めて下さったんです」

「そうだったかい」

利一は記憶になかったらしい。

「でもまあ、俺は軽口を叩くけど、嘘は言わない。良いと思ったから良いと言ったんだよ」

「実は、見て頂きたいものは、この前掛けにも繋がるんです」

千枝が風呂敷包みを解くと、中には染めの紬の帯が入っていた。

「まあ……可愛らしい」

十和が思わず声を上げる。大小の桜の花が幾重にも描かれている。しかもその花は、薄紅もあれば紫もあり、それが濃淡となって深みを増していた。

「私の里のものなんです。この前掛けと同じ職人が染めていて。この職人の品を常葉屋さんで商っていただけませんか」

千枝の言葉に、利一と十和は顔を見合わせた。利一は改めて帯を手に取り、その細部に至るまでしみじみと見る。そして無言で十和に手渡した。十和もまたじっくりと見ながら、その肌触りを確かめるように触れた。

染めの技は文句なしの一流だ。しかし、絹がひどく粗い。そのことに引っかかり、兄を見る。利一もそれに気づいたらしく、小さく十和に頷いた。そして、表情を改めてから、千枝を見上げた。

「染めの腕はいいね。これだけの技があれば、既にどこかが抱えているんじゃないかい」

昨今では、大店が良い職人を抱え込んでいることはよくある。

「いえ、それはないそうで」

「知り合いかい」

「……はい」

不意に千枝の歯切れが悪くなる。何かを言おうとしているのだが、それが上手く言い出せないらしく、何とも歯がゆい顔をした。利一は千枝の様子を眺めてから、ふむ、と唸った。

「俺は若旦那だけど、御存じの通りのぼんくらでね。商いについては親父様と番頭には逆らえない。だから、安請け合いはできないけれど、とりあえず、これを預けてもらっていいかい」

「もちろんです」

「あと、職人の名を教えてくれ」

「八王子の打越村の新吉という職人です」

「それなら、佐助さん辺りが行き来していそうなところだね。すぐに返事はできないが、話はしてみるよ。余り期待をしないでおくれよ」

千枝は、はい、と笑顔を見せた。それが少し苦い笑みのようにも見えて、十和は気になった。

団子を土産に包んでもらい、千枝から預かった反物をもって日本橋の常葉屋へと帰り着いた。

店は丁度、暖簾を下ろすところで、手代が
「お帰りなさいまし」

と、出迎えた。利一は帳場格子を覗き、そこに番頭の善兵衛の姿を見つける。

「善兵衛さん、すみません」

呼ばれた善兵衛がやってくると、利一は早速、先ほどの反物を広げて見せる。

「どうだろう」

善兵衛はふむ、と頷く。

「染めは見事です。色もいいし、絵柄に品もある。木版も良いものを作れる器用な人なんでしょう。ただ、反物の方がいただけません。紬ですが、いかんせん目が粗い」

やはりな、と利一が呟く。善兵衛はついと持ち上げて、傍らにいる十和に宛がう。

「お嬢さんくらいの年ごろの方には良いでしょうが、この一品を見ただけでは品を置けるかどうかは分かりませんね」

「職人の腕はどうだろう」

善兵衛は利一の顔を窺いみる。

「若旦那はどう思います」

「……悪くはないと、俺は思う」

「私もそう思います」

十和は善兵衛と利一の話を聞きながら、先ほどの千枝の様子を思い返す。

「お千枝さん、言いたくて言えないことがあるような、そんなお顔をしていましたね」

利一も気づいていたらしく、うん、と唸るように頷いた。

「まあ……そうさな。これだけ良い染めができるなら、お千枝さんが口利きなんぞしなくても、引く手あまただと思うんだが……」

利一は改めて反物を眺める。

「訳があるなら、それを知らなきゃ、御店で預かるわけにはいかないからね」

利一は情に篤いところは母譲りだが、商人としての線引きを過たないのは父譲り。商家の若旦那としてもなかなかだと思うのだが、当人も世間もそうは思っていない。

善兵衛は利一の言葉を聞きながら、

「おっしゃる通りです」

と、静かに相槌を打った。

「兄様、佐助さんからお文です」

いつものように蔵の小間に籠っている兄に、十和が階下から声を掛ける。

「おう、上がっておいで」

十和は薄暗い蔵の中、梯子段を上って屋根部屋の小間に滑り込む。相変わらず文机の周りには、書やら紙が積み上げられており、書き損じが小山になっていた。

「何を書いているんです」

「もうすぐ顔見世の季節だからね。役者評を頼まれているのさ」

十一月になると、江戸の芝居小屋では顔見世興行を行う。どの役者がどの小屋で一年間、芝居をするのかが決まる。御贔屓の役者が、中村座なのか市村座なのか森田座なのか、それによっては通う芝居小屋も変わって来るので、芝居好きにとっては、気になる季節である。また、前もっての予想を立てるのも芝居好きにとっては楽しみの一つ。そのためこの時期になると役者評が売れるらしい。

「またその季節ですか」

去年も同じように散らかしながら役者評を書いていた。昨年は母、律がいて、同じように書き損じを眺めながら、

「私はこの人が贔屓なんだけどね」

などと、評していたものだ。

「十和は贔屓はいないのかい」

十和は首を傾げる。

「芝居は好きだけど、とりわけ誰かが贔屓というわけではないですね」

「贔屓ができると、それはそれで面白いもんだよ」

そう言いながら、利一は佐助の文を広げて読み始めた。

「さすがは佐助さん、仕事が早い」

利一は佐助を「幕府の隠密だ」などと言っているが、確かにそうであっても不思議がないほど、あっという間に調べがついてしまうのだ。

しばらく黙って文字を追っていたのだが、ふうむ、と唸った。

「どうなさったんです」

「お千枝さん、お里では家出したことになっているらしいなあ」

「え」

利一は十和に文を差し出した。

佐助は、日本橋から甲斐の方まで仕入れに向かう道中に、千枝の里である多摩の八王子、打越村に立ち寄った。件の職人、新吉は、確かに腕も良くいい品を作っていたという。

そこで、千枝の名を出すと、新吉は慌てて奥へ入り、一人の娘を呼んできた。

「千津と申します」

千津というのは、そこで染めの木版を作る下絵を描いているという。

「千枝の姉です」

と名乗った。聞けば、千枝は二年前に江戸に住まう叔父を訪ねると言って出て行ったきり。料亭で奉公していることは知っているが、詳しい便りを寄越さない。

「私も千枝に会いたいのです。江戸に連れて行って下さい」

千津に頼まれたので、甲斐での買い付けが終わったら、帰りに再び打越村に寄り、千津を連れて来ようかと思う、と記されていた。

「お千枝さんの話では、あの反物は里の品だというので、ご親戚から頼まれたのかと思っていましたが、まさか家出とは……」

「その辺りの話を一度、お千枝に聞いてみた方がいいかもしれない。佐助さんがお姉さんを連れてきてしまう前に」

「早い方がいいですね。明日にでも一緒に」

と言った瞬間、利一が渋い顔をして目の前に積まれた紙の山を指さした。

「十和、俺は御覧の有様でね」

「分かりました。いいですよ。私だけで参りましょう。女同士の方が話しやすいこともあるでしょうから」

翌日、十和は昼過ぎに上野の雀屋を訪ねた。しかしそこには千枝はいなかった。

「お千枝さんは今日は若竹のお手伝いで」

何でも、大川端の若竹で大きな宴席があるので、そちらに呼ばれていったらしい。

上野から日本橋に戻りつつ、大川端の若竹までやって来た。黒塀に囲まれた粋な佇まいの料亭では、外まで声が響くほどの宴会が開かれている。

「今日は忙しいかもしれない」

帰ろうかと思った時、店の裏から女たちの笑い声が聞こえた。川沿いにある勝手口を覗いてみると、川端で仲居たちで一息ついているのが見えた。

仲居に交じって休憩していた千枝は、嬉しそうに手を振って、駆け寄って来る。

「あ、お十和さん」

「雀屋に行ったら、今日はこちらだと聞いたので」

「そうなんです。河岸の若い衆が、秋の祭りの支度だってんで集まっていて、大忙し。今は料理が終わったので、あとは交代でお酒を運ぶだけになって、一息ついているところなの」

首を回しながら、店から少し離れた床几に腰かけると、十和にも座るように促した。

「ここはね、仲居が人と会うのに丁度いいってんで、姉さん方が置いているの」

なるほど確かに、店から大声で呼ばれれば聞こえるけれど、小声で話せば向こうには聞こえない、絶妙な場所にある。おしゃべりをするにも、逢引をするにも丁度いいのだろう。

「それで、何かお話があっていらしたんでしょう」

千枝はやや身を乗り出しながら問いかける。

「はい。実はお姉さんが、打越村からいらっしゃるそうなんです」

「姉……って、私の」

「はい。うちに出入りしている行商人の佐助さんが、八王子で職人の新吉さんを訪ねたんです。そうしたら、お千枝さんに会いたいとおっしゃって」

千枝は、懐かしい姉に会える嬉しさではなく、苦さを堪えるような顔をした。

「いつ来るのかしら」

「甲斐に寄った帰りだというので、あと五日くらいはかかるかと」

千枝は、そうですか、と答えて黙り込む。十和はそれ以上を聞くかどうかを迷ったが、先だっても言いたくて言えない様子であったことを思い出し、膝を千枝へと向けた。

「何か、ご事情があるんですか」

千枝は顔を上げて自嘲するように笑う。

「事情というよりも、私が阿呆だっただけのことなんですけどね……聞いてくれるかしら」

「はい」

千枝は覚悟を決めたように口を開く。

「私の里は、それなりに大きな地主だったんですけどね……」

千枝の家は多くの小作人を抱える地主で、豊かな暮らしぶりであった。二つ年上の千津と、七つ年下の弟、士郎の三人姉弟。いずれは士郎が家を継ぐことになるから、姉妹は遠からぬ家に嫁ぐようにと、幼い頃から言われていた。姉の千津は手先が器用で大人しく、親に逆らったことがない。

一方の千枝は、父の言うことを聞かず、幼い頃には、男の子に交じって野山を駆け巡っているようなお転婆であった。時折、やって来る行商人や旅芸人たちの話を聞くのが何より好きで、そういう人と一緒に旅に行けるなら、どんなに楽しいだろうとさえ思っていた。

ある時、旅芸人の一座の前で、見様見真似で舞を披露したことがあった。

「筋がいいねえ。一緒に来るかい」

座長に言われ、千枝は本気で考えた。しかし、舞を披露したことを父に知られ、ひどく叱られた。

「私は一緒に行きたい」

などと言ったものだから、旅芸人の一座が村を去るまで、座敷牢に閉じ込められたこともある。

「どうしてお千枝は父様に逆らうの。目の前に与えられた道を、静かに歩けばいいのに」

千津はそう言った。姉はいつも、父から千枝を庇ってくれる優しい人だが、千枝の本当の想いは分かってもらえていない気がしていた。

やがて、千津は十六、千枝は十四になった。少しずつ縁談が持ち込まれるようになると、母は姉妹を厳しく躾けるようになった。

「夫に尽くし、お姑さんの言うことをよく聞いて、家を守るのが女の務め」

千津は元より承知していたのだろうが、千枝はどうにも居心地が悪い。

己の生き方は己で決めたい。それがどうしていけないのか。いつもそう思っていた。

その頃、村に一人の若者が来た。

同じ村の養蚕農家の次男坊で、新吉といった。二十歳になる新吉は、織物問屋に奉公に出ていたのだが、染物の職人になるべく、御店から京へ学びに出ていた。それが三年ぶりに帰って来たのだ。田舎の村に現れた新吉は、村人の誰よりも洗練されて垢ぬけていた。時折混じる京の言葉も、千枝には新鮮に聞こえていた。

千枝は京という土地がどんな所か知りたかった。暇を見つけては、新吉の染物の工房を訪ね、新吉から京の話を聞くことが楽しかった。嫁に行けば村から出られなくなるが、新吉ならば京へ連れて行ってくれるかもしれない。だから、嫁に行くなら新吉がいい。そんなことを考えるようになっていた。

そんな矢先、千枝の元に再び縁談が舞い込んだ。相手は街道沿いの織物問屋の若旦那であった。新吉のかつての奉公先で、今も仕事を請け負っている。それなりに大きな商いをしているとあって、大層な支度を整えると言ってくれていた。

「先に姉の嫁ぎ先を決めたかったが、先方は千枝を見初めている。この良縁を逃す手はない」

父は喜んで話を進めようとしていた。

「いやです」

千枝は頑として拒んだ。一度、御店を訪ねたことがあるが、気が強い女将がいるし、堅苦しい雰囲気が性に合わない。若旦那は何度か会ったことがあるが、さほど年も変わらないのに居丈高だ。あの家に嫁いだら、一生、外には出られないようにさえ思えた。

「わがままを言うな」

父に怒鳴られても、千枝は折れなかった。

「私は、嫁ぐなら新吉さんがいい」

縁談から逃げたい一心で言い放った。父は眉を寄せた。

「あんな職人風情に嫁いでどうする。少しは家の役に立て」

父の言い分に余計に腹が立った。言い争いの末に家を飛び出して、新吉の工房に走った。

暗がりの中、もうすぐ新吉の工房だ……と言うところにたどり着いた時、工房の戸が開いた。そこから出て来たのは、姉の千津だった。千津は泣いているのか、袖口で目頭を拭っている。

「お千津さん、待って下さい」

千津の後から新吉が出て来て、千津の腕を摑む。

「どうして、もうここに来ないなんて言うんです。この前も一緒に、木版を考えてくれたじゃないですか。折角いい染も出来たのに」

しかし千津は首を横に振る。

「あれは新吉さんが作ったものです。私なぞ……」

「いや、お千津さんが一緒に考えてくれたから」

言い募る新吉の声が優しい。それは千枝が聞いたことのない声色だった。

「でも……」

尚も拒もうとする千津を、新吉が引き寄せた。二人の影が、工房から漏れる光の中で重なる。

千枝は、そのまま後じさりした。

少しでも早く、工房から逃れるように暗がりの中を走る。

そうか、そうだったんだ。

そういえば以前、新吉が染め損じたという袱紗を一枚、貰ったことがある。

「失敗したものだから」

と渋る新吉から、

「いいから頂戴」

と言って無理に貰ったものだ。その後、同じ花柄の袱紗を千津が持っていたのを知った。そして、その花柄の図案が千津の文机にあることに気付いた。姉の千津は絵が得手で、小さなころから描いていた。それを新吉は木版にしたのだろう。全てのことが頭の中で繋がって、はっきりと分かる。千津と新吉の間には、千枝が入る隙間なんてない。はじめからなかったんだ。

「馬鹿だ……」

千枝が勝手に逃げ場にした新吉だけど、新吉には新吉の想いがある。その当たり前を失念していた自分に呆れた。行く当てなんぞなく、近くの神社に隠れていた。夜になって、家の者総出で探され、見つかって連れ戻された。出迎えた母は

「心配したでしょう」

と叱った。母の傍らにいた千津は、

「無事で良かった」

と言いながら、困惑を顔に浮かべていた。既に、千枝が「新吉に嫁ぎたい」と言ったことを聞いたのだろう。

父は千枝の行動に困り、

「噂になっては外聞も悪い。いっそ千枝を新吉と娶せようか」

と、口にした。

千津と新吉の関係は、村の者も家の者も知る由はない密やかなものだった。それなのに、一方の千枝が周りを巻き込んで騒動を起こしてしまった。そのせいで千津は新吉への想いを言えなくなっていた。

一方で、千枝と新吉の噂は一人歩きして、織物問屋の若旦那の耳に届いてしまった。気を悪くした問屋の旦那は、新吉に仕事を回すのを止めると言い出した。

「あんな職人、ごまんといる。うちの倅を虚仮にして」

その話を聞いた父は、半ば安堵したようだった。

「新吉は運が悪い男だ。そんな男に嫁いだところで苦労をするだけだから、止めておこう」

あっという間に前言を翻してしまった。

自らの与り知らぬところで千枝との縁談を決められて取引先を失った挙句、勝手に運が悪いと断じられた新吉はいい迷惑である。千津もまた、新吉との恋路を進めなくなってしまっていた。

騒動の後、千枝の元にはとんと縁談は来なくなった。代わりに姉の千津は千枝に比べて目立たず大人しいが、「却ってその方がいい」と、幾つかの縁談が持ち込まれるようになった。千津はそれを引き受けねばと気負っている様子であった。

ある夜のこと。千枝が寝ていると、縁側に母と姉が並んで座っていたことがあった。

「千津は新吉さんが好きなのでしょう」

母は察していたらしい。千津は声もなく、ただ小さな嗚咽を漏らした。

「父様が何と言っても、私が収めますから」

母は慰めるように言った。しかし姉はか細い声を絞る。

「でも、お千枝が悲しむのは嫌です」

千枝は枕に顔を埋めた。恥ずかしさと居た堪れなさが襲ってくる。

千枝は新吉に心底惚れていたわけではない。新吉が纏っている村の外の空気が好きだったのだ。一方の千津は、新吉と共に染物を作り、笑い合い、心を通わせている。千枝の声に込められた想いと、己の中にある想いが違うということを、改めて痛感した。

不用意な千枝の言葉が、千津を傷つけ、新吉の仕事を奪ってしまった。そのことが苦しかった。

そんな頃、曾祖父(そうそふ)の法事があり、江戸で商売をしている父の従兄(いとこ)、弥次郎(やじろう)がやって来た。千枝は幼い頃から弥次郎の話を聞くのが好きだった。すると弥次郎は、

「お千枝ちゃん、すっかり綺麗(きれい)になって。もし江戸に行きたいなら、奉公先を紹介しよう」

と言った。酒の席での話だが、千枝はその話に飛びついた。ともかく、ここから逃げ出したかった。

「行きたい。私、江戸に行きたいです」

弥次郎は、軽口のつもりだったのに、思いがけず千枝が前のめりになってたじろいだ。

「しかし、おとっつあんが許さねえだろう」

「私、説き伏せますから」

とはいえまともに切り出せば、父が許すはずもない。父に宛てた文を文机の上に置き、わずかな荷を纏めて、そのまま早朝に家を抜け出し、弥次郎と共に打越村を出てしまった。

江戸に来てから、弥次郎の元に父から文が届いたらしい。そこで弥次郎は初めて、千枝が父の説得をしていなかったことを知るのだが、既に料亭若竹には話を通して

しまった。

「私の顔を立てると思って、せめて三月だけ」

と、奉公をなしくずしで認めさせた。

ずっと憧れていた村の外、江戸での暮らしは、千枝の性に合っていた。無論、奉公で辛いこともあるけれど、活気のある町に身を置いていることに幸せを感じていた。雀屋の茶汲み娘は天職だとさえ思っている。時折、妙な贔屓客がつく厄介はあるが、それでも村に閉じ込められていることを思えば、苦労ですらない。

ただ、故郷のことが気にならないと言ったら嘘になる。捨てて来たつもりでも、恋しさもあり、後悔と申し訳なさもある。

つい先日のこと。久方ぶりに従伯父の弥次郎が雀屋に訪ねて来た。

「新吉を覚えているかい」

無論、忘れたことはない。

「その新吉の反物、売れないらしいんだ」

そう言って見せてくれたのは、優しい木版染めの一反だった。図案は恐らく姉のものだろう。新吉らしい丁寧な染めだ。しかし肝心の反物の目が粗い。

「織物問屋がいい絹を卸さないし、仲買人を引き合わせないらしい」

それを聞いて、未だに千枝が起こした一件が尾を引いていることが分かった。

「姉様は、御達者ですか」

千枝が尋ねると、弥次郎は渋い顔をした。

「気になるなら自分で便りを出しな。達者にしているが、なかなか嫁入りをしないって、おとっつあんが嘆いていたよ」

「お相手があるんですか」

「ようやっと縁談を持ち込んでも突っぱねるって。お千枝が出て行ったら、お千津がお千枝みたいになったって言ってる」

千津が新吉に思いを寄せていることに、相変わらず父は気づいていないのだろう。姉も母も何も言えずにいるのだ。それは、当の新吉の商売が稼げないせいでもあるのだろう。

それならば、せめてもの罪滅ぼしに、あの反物を日本橋の御店で売れるようにできないものか。

「そう考えて、常葉屋さんにお話ししたんです」

千枝は、話を終えるとほっとしたように、深く吐息した。

大川を渡る風が心地いい。その風に吹かれる千枝の横顔は、寂しげではあるが、清々しくもある。

「お千枝さんは、新吉さんへの想いは諦められたんですか」

十和が問うと、千枝ははは、と声を立てて快活に笑った。

「私は、新吉さんが好きだったんじゃないんです。新吉さんなら、村から出してくれるんじゃないかって思ってただけ。自力で出られた今、村に戻って新吉さんに会いたいとさえ思っていない。だからこそ、そんな中途半端な思いで、周囲を振り回してしまったことが、たまらなく申し訳ないんです」

そう言って唇を引き結ぶ。その目には薄っすらと涙が浮かんでいた。

「お姉さんに、会いたいですか」

「……どんな顔して会っていいのか……」

千枝は何とも言えぬ笑みを浮かべて、黙り込んだ。すると、若竹の方から

「お千枝さん」

と、呼ぶ声がした。どうやら宴席の片づけが始まるらしい。

「はあい」

千枝は返事をしてから立ち上がる。

「今日はお知らせありがとうございます。姉が来たら、覚悟を決めて会わねばと思

います」

自らに言い聞かせるように言うと、踵を返して店の方へと向かった。

千枝の笑顔には人の心を明るく照らす力がある。その奥底には、姉を傷つけたことへの負い目や、帰れないからこその強い覚悟もあるのだろう。

日本橋に戻った十和は、店の裏手から屋敷へと入る。坪庭に面した縁側には、仰向けになって大の字で寝ている兄、利一の姿があった。

「兄様、忙しいかと思ったら、寝ているんですか」

利一は腹の上に読本を置き、ううん、と唸りながら薄目を開ける。

「ちょいと昼寝だ」

「もうすぐ夕刻ですけど」

「じゃあ夕寝だ」

欠伸をしながらそれでも起き上がらず、目だけを動かして十和を見た。

「お千枝さんに会えたかい」

「はい。お里での事情をうかがいました」

十和は千枝から聞いた話を大まかに伝えた。利一は、なるほどねえ、とうなずく。

「お千枝さんもお姉さんも、お互いのことを思いやっているのに、上手くいかなくて」

「そっちは話し合えば分かるだろうよ。それより問題はその、肝っ玉の小さい問屋の若旦那と、物分かりの悪そうな親父さんだ。新吉さんの商いがどうにもならない」

確かにその通りなのだ。村の問屋や仲買人との間を取り持てなければ、商いは難しい。となると、父親も千津と新吉の縁を認めたりしないだろう。

「いっそ、お二人の駆け落ちを手伝いますか」

十和が身を乗り出すと、利一は眉を寄せる。

「お前さん、駆け落ち話の終幕は、大抵が心中でござんすよ」

芝居じみた台詞を言う。

「戯作者なのに夢がない」

「悪うござんすねえ。それよりも、あの染物で、いい商いにならないかなあ」

利一は腕組みをしながら目を閉じてしまう。

「兄様、考えているんですか、寝ているんですか」

「考えながら寝ている。妙案というのは、大抵が夢の中で見えて来るものさ」

ほどなく寝息を立て始めた利一の足元を叩く。

「当てになるやらならないやら」

十和はため息交じりに、夕日に染まる空を見上げた。

「ただいま、戻りましたよ」

店先で大きな声がした。さながら我が家のような顔で店の暖簾をくぐって来たのは、相変わらずの佐助である。

「佐助さん、お帰りなさい」

十和が出迎えると、佐助は自分の後ろに続く人に手招きをする。佐助の背後からひょいと顔を覗かせたのは、小柄な娘である。

「千津と申します」

消え入るほどのか細い声だ。快活な茶汲み娘の千枝とはまるで違う。慣れない江戸が不安なのか、緊張した面持ちで十和を見上げた。

「初めまして、常葉屋の娘で十和と申します」

十和が挨拶をすると、丁寧すぎるほどに深々と頭を下げた。ゆっくりと顔を上げると、それきり固まったように動かない。見かねた佐助が、千津を前へ押し出す。

「例の木版染めの工房でお会いしましてね。お手伝いしていらっしゃるそうで」

佐助に促され、千津は背負っていた葛籠を下ろして、中から反物を三反取り出した。そして、意を決したように十和を見据えた。

「もし、卸させていただけるようでしたら、もっと色々とご要望に合わせて御品を作ります」

その一言を言い終えると、ふうっと大きく息を吐く。額には汗が浮かんでいた。これだけを口にするにも勇気が要ったのだろう。

十和は後ろの帳場格子にいる善兵衛を振り返る。善兵衛は立ち上がると、千津を相手に丁寧に頭を下げた。

「当方でも取引のある問屋がございます。直にお引き受けしますと、色々と障りがございますので、問屋とも話をつけねばなりません。ただ、御品は御品として拝見させていただきます。主ともよう相談しまして、お返事をさせていただければと存じます」

善兵衛の言葉に、千津は、いえいえいえ、と恐縮した様子で首を横に振った。

「あの、無論おっしゃる通りです。問屋さんにもお願いしたいのですが、その……まずは、品だけでも見てもらいたくって」

次第に声がか細くなる。千枝の言う通りならば、里の問屋との取引が上手くいっていないのだろう。小さくなる千津を見て、十和は膝を進めた。

「お千津さん、今宵のお宿はお決まりですか」

「いえ、その……江戸に着いたばかりで」

「ならば、うちにお泊り下さい。せっかくですから明日は一緒に、江戸見物をしませんか」

千津は慌てて後じさり、首を横に振る。

「滅相もない。宿ならこれから探します。そんなご迷惑をおかけできません。ただでさえ、図々しく押しかけて、無理なお願いをしているというのに……」

すると、佐助があああ、と大げさに伸びをした。

「いやあ、お千津さんがここに泊まってもらえると、宿を探す手間が省けて助かるんだが」

千津は困惑した様子だが、十和も頷く。

「佐助さんの言う通り。泊まって頂いた方がいいんです」

十和の誘いに、千津はしばし逡巡した後、

「では、甘えさせていただきます」

と答えた。千枝は人懐こくすぐに甘えられるけれど、千津は遠慮深い。姉妹でも違うものだと思った。

夕餉を終えると、さすがに疲れていたらしく、客間に伸べた床に倒れ込むように眠ってしまった。

千津が寝静まってから、常葉屋の表に集まったのは、十和と利一、佐助である。

佐助が持ち帰った新吉の工房の反物は、染めの色はいいし、柄もいい。ただ細かいところには粗もあり、やはり使っている反物の質が悪い。

「先だって見せられたものと同じようだなあ」

利一は言う。

「新吉さんには会ったんですか」

十和の問いに、佐助は頷く。

「ええ。職人気質というか、やや気難しい風情の男でした。でも、染めの仕事は丁寧で、ちょっとした木綿の物なんかは、村で売っていました。ただ、問屋を通せないから、大きな商いに繋がらなくて」

問屋の若旦那の嫉妬から、新吉が仕事を干されているというのは、村の界隈では知られた話らしい。しかし、当の新吉が村を出て行った千枝に未練の欠片もなく、粛々と努めているのを見た商人たちの中には、新吉に仕事を頼みたいと話している者もいる。

「むしろ、若旦那が野暮だって話でね。とはいえ、お千津さんと縁組となると、またちょっと厄介かもしれません」

千枝との醜聞が消えた所で、その姉である千津が新吉に嫁ぐとなると、またぞろ根も葉もない話が広がりそうではある。

「放っておくしかねえと思うけどねえ」

利一はため息交じりに言う。

「そりゃ、兄様ならばそうなさるでしょうけど、お千津さんはそれが嫌なんでしょう」

「なら諦めるしかねえなあ」

「意地悪ねえ」

十和と利一のやり取りを聞いていた佐助は、ははは、と笑う。

「まあ、江戸の町中ならば、人の噂も七十五日でしょうが、何せ静かな村ですからね。向こう三年、噂は漂うようですよ。何せ、未だにお千枝さんのことだって噂の的ですから」

千枝が問屋の若旦那を振って、新吉の元に走るつもりが、新吉に振られた傷心で江戸に出て行ってしまった。それは、小さな村ではかなり熱い話題になっている。

「お千津さんは、その噂をどう思っているのかしら」

「まあ、姉としては複雑なようで」

千津は、昔から快活で愛らしい妹、千枝のことを可愛がっていた。しかし一方で、妹の方が周囲から可愛がられていることに、少なからず嫉妬もあった。旅の道中、

「お千枝は、姉の私が見ても可愛いんです。人が見たらなおのこと。きっと、新吉さんだって、お千枝の方が嬉しかったでしょうに」

とさえ言っていたという。むしろ千津は、己の想いが千枝の恋路の邪魔をしたとさえ思っているようだ。

「佐助さんの見立てではどうだい。新吉はお千津さんのこと、何とも思っちゃいないのかい」

佐助は苦笑する。

「人の恋路まで探るのは得手じゃないですが、まあ……ねえ」

職人気質の新吉の元を訪ねた佐助は、木版を使った染のことを、あれやこれやと細かに尋ねていた。そこへ千津が訪ねて来た。

「お客さんがいらしていたのですね。ごめんなさい」

千津が帰ろうとすると、新吉は、千津を引き留める。そして佐助に、

「この人の描く花を木版にして染めると、ぱっと華やぐ」

と、自慢げに染物を見せた。佐助の目から見たら、そこまで巧緻な絵ではない。しかし確かに、染は鮮やかだ。それは新吉が千津の描いた花を愛でているからではないかと思えた。

「あの新吉と言う男は、職人馬鹿ですよ。評判の可愛い茶汲み娘より、いい絵を描いてくれるちょいと不器用な姉娘に惚れていると思いますよ」

佐助の言葉に、十和と利一はほう、と嘆息する。

「お千津さんは、それを分かっていらっしゃらないのね」

利一は腕組みした。

「やっぱり姉妹で腹を割って話し合えば、すぐに片が付きそうだ。お十和、明日、お千津さんを雀屋に連れて行ってくれ」

「私がですか。兄様は」

「俺は色々と忙しい」

十和は、もう、と不貞腐れると、佐助が宥める。

「ま、娘同士の方が話が通じるでしょうから」

翌日の朝、旅の疲れがすっかり取れたらしい千津は、早々に目を覚ましていた。

「お手伝い致します」

女中の与志に何をすればいいかと尋ね、かいがいしく台所で立ち働いている。

「お嬢さんとは手際が違いますねえ」

と、十和がとばっちりを受けることとなった。朝餉を共に囲むと、主である吉右衛門が客人の千津に問いかける。

「よく眠れましたか」

「お陰様で疲れが取れました。お世話になりまして」

「いえいえ、それは何より。今日は、江戸見物でもなさって下さいな」

吉右衛門の言葉に、利一が身を乗り出す。

「ちょうど紅葉が染まり始めているだろう。上野の御山や不忍池辺りを歩いてみたらどうだい」

さりげなく、雀屋の辺りのことを言う。千津は、いえいえ、と首を横に振る。

「御手間をおかけしては申し訳ありませんので、お気になさらず」

「でも、不案内でしょう。何処か行きたいところがおありなのでは」

すると千津はおずおずと口を開いた。

「大川端の若竹という料亭に……」

やはり千津は、妹の千枝に会いに来たのだ。しかし、若竹を訪ねたとしても千枝はいない。雀屋に行かねば会えないのだ。

「丁度良かった。私もそちらに用があるのです。ご一緒しましょう」

やや芝居じみており、千津も戸惑った様子ではある。しかし、やはり不安もあったのだろう。

「では……ご一緒させてください」

千津は江戸の町を知らない。大川端の若竹を目指すふりをして、端から不忍池の雀屋に連れて行けばいい。十和と利一は目配せで頷き合った。

十和と千津は連れ立って店を出た。道すがら、千津は反物や袋物を扱う店を気にしていた。

「どうぞ、あちこち見物しながら参りましょう」

十和に言われると、遠慮がちな千津もあちらの店、こちらの店と目を配りながら歩く。

「やはり、江戸の御品は素晴らしいですね」

細かい染めや模様、色合いを確かめていた。

「お千津さんは、木版染めの木型の元絵を描かれているとか。絵を描くのがお得意なんですね」

十和が問うと、千津は首を傾げる。

「好きなだけなんです。うちはお蚕さんがいるから、本当は機織りに精進しなきゃいけないのに、そちらは得手ではなくて。粗悪なものしかできないから売り物にならないって怒られてばかり。でも、試しに染めてみたくって、新吉さんのところへ出入りするようになったんです」

どうやら、新吉の染めた絹が粗いのは、千津が織ったものらしい。

「お千枝さんは、お姉さんは機織りも裁縫も自分より上手だっておっしゃってましたよ」

千津は何とも言えぬ顔をした。

「お千枝はただ、じっと座っているのが苦手なのです。やれば何でも器用な子ですから」

千津はどこか、千枝に対して引け目を感じているように見えた。それが、千津を縮こまらせているようにも思える。

秋のはじめということもあり、上野の山はまだ紅葉狩りには少し早いようだ。それでも上野の山の参拝客はいつもより多いようだ。

「こんなにも多くの人が行きかうのですね」

日本橋からここに至るまで、千津は人出の多さに驚いていた。不慣れな場所を、不慣れな草履で歩いたこともあり、すっかり疲れていた。

「茶屋にでも寄りましょうか」

折を見て十和が切り出した。千津が

「はい」

と答えたので、十和は千津を連れて不忍池を目指す。稲荷(いなり)を通り、五條天神社(ごじょうてん)を抜けて不忍池の畔(ほとり)へ出た。

雀屋の方を見やると、いつものように千枝が忙(せわ)しなく立ち働いているのが見えた。千枝には千津が江戸に来たことを告げていない。千津にも千枝に引き合わせると言ったわけではない。

しかし、出がけに利一が

「お千津さんを、お千枝さんのところに連れて行ってやってくれ」

と言った。

「いきなり連れて行っては、お千枝さんも困るんじゃありませんか」

十和が案じたのだが、利一は笑う。

「お姉さんと会いますか、なんて言えば、お千枝さんは悩むだろう。とりあえず顔を合わせちまった方が話は早い」

利一の言いようは確かにそうだが、いざこうして雀屋に近づくと、十和が緊張してしまう。

すると、千津が、

「お千枝」

と、妹が立ち働く姿を見つけた。

十和は闊達と働く千枝の姿を見せて、姉妹を引き合わせようと思っていた。明るく働く千枝の姿は、相変わらず溌剌としている。しかし、千枝を見つめる千津の顔がみるみる曇っていく。

「どうして……従伯父の話では、大層立派な料亭に奉公に出たと聞いていたのに、小さな茶屋ではありませんか」

やや怒りを含んだ千津の声に、十和は慌てた。

「いえ、あの、ここは若竹の主の店なんです。お千枝さんは気働きが利いて、愛想が良いので、この界隈では人気の茶汲み娘なんですよ」

まさか、千津がこんな風になるとは思わなかった。十和は取り繕うように言葉を重ねるが、千津の険しい表情は変わらない。

その時、見つめる千津の視線の先で、客の一人が千枝の手を掴み、何かを話しかけた。

「何を……」

千津は顔色を変え、小走りで茶店へと向かう。十和は慌てて後を追うが、千津はそのまま店へ駆け込んだ。

「お千枝」

千枝は、突如として現れた姉の姿を見て、

「姉さん」

と目を丸くする。千津は客を睨みながら、千枝の腕を掴んだ。

「おいおい、何事だい」

客たちはざわめきを見せるが、千津はまるで気にしない。ぐいぐいと千枝を店の裏へと引っ張っていく。

「離して」

千枝は姉の手を振り払った。

「急に来て、どうしたの」

「お千枝、帰りましょう」

千枝の言葉を遮るように、千津は泣きそうな声で言う。唐突に切り出された言葉に、千枝は困惑を満面に浮かべた。助けを求めるように駆け付けた十和を見るが、十和が言葉を発するより先に、千津が口を開いた。

「こんな小さな茶屋で、人目に晒されながら立ち働いているなんて知らなかった」

可哀想だと言わんばかりの口ぶりに、千枝は驚いたように目を見開き、顔を真っ赤にした。

「そんな言い方をしないで」

「だって、里にいれば、こんな苦労をしなくたって暮らせる。それなのにどうして……」

「私はこの勤めを気に入っているの」

「そんなに私から離れたいの」

千津は叫ぶように言う。千枝は姉に背を向けて店へと駆け戻ろうとする。

「待って」

千津が手を伸ばし、千枝の前掛けを摑んだ。瞬間、ビリリと音を立てて前掛けが裂けた。千津はそのことに驚き、

「ごめんなさい……」

と、小声で詫びる。千枝は破れた前掛けを見つめていたが、乱暴に外すと、千津に向かって投げつけた。

「いい加減にして」

千枝は声を張り上げた。千津は前掛けを受け取りながら、驚いたように身を縮める。

「姉さんのことなんて、関係ない。離れたかったのはあの村よ」

千枝は声を張り上げる。

「私はね、あんな小さな村で、一生を終えるなんてまっぴらごめんだったの。外に出て、広い世の中を見てみたかった。ここはそんな私にとって極楽なのよ。毎日、違う人たちに出会って、たくさんのことを見聞きする。時には芝居を見に行って、美味しいものを食べに出かけ、たくさんの友人も出来た。姉さんは、村にいるのが安心で、近くに好きな人がいれば満足なんでしょうけど、私は違う」

「お千枝……」

千枝は肩で息をしながら姉を睨んだ。

「勝手に私を哀れまないで」

千枝はその声に、千津はびくりと身を縮める。それでも縋るように手を伸ばすのだが、千枝はその手をついと避け、十和に向き直る。

「姉を連れて行って下さい。商売の邪魔ですから」

唾棄するように言うと、そのまま千津を見ずに店に戻った。千津は千枝の怒りに圧倒されたように立ち尽くして、動けなくなっている。手には、千枝が投げつけた前掛けが握られていた。

「お千津さん、行きましょう」

十和に手を引かれるまま、千津は力なくそろりそろりと歩き始める。ちらりと十和が振り返ると、茶屋の中で千枝が、客を相手に謝っているのが見えた。

失敗したな……と、十和は思う。もう少し、根回しをしなければいけなかった。

「兄様ったら……」

利一が言わなければ、こんな風には会わせなかったのに、と、八つ当たりしたい思いを飲み込んだ。

日本橋の常葉屋まで歩かねばならないのだが、千津は未だにぼんやりとしたままだ。

それでも二人が並んで歩いていると、

「おお、丁度良かった」

と、道の向こうから手を振る利一の姿があった。

「兄様」

来るのが遅い、と言いたいところをぐっと堪える。利一は千津の様子を見て、どうやらひと悶着あったらしいことに気付いたようだ。

「ちょいとそこに寄らないかい」

利一は東叡山の門前にある小さな汁粉屋を指さす。千津はただ、はい、と頷いたが、何に誘われたかも分かっていないようであった。店の小上がりで、膳に載って出て来た汁粉を見て、

「あ、御汁粉」

と、初めて知ったような声を上げた。

「お熱いから、ゆっくり、召し上がって下さい」

白髪の女将が、穏やかな口調で言う。千津は小さく頷きながら、ゆっくりとお椀を口に運ぶ。十和も千津と動きを合わせるように、汁粉を啜った。温かい甘さがじわりと沁みる。すると、その熱のせいか、千津の目からほろりと涙が零れた。

「……お千枝を怒らせてしまいました」

千津の言葉に、十和は何も言えない。

千津にとって、江戸での奉公は「苦労」と同義だったのだろう。確かに、裕福な農家の娘が奉公に出ることは少ない。男の子であると、跡継ぎではない三男、四男だと、商いの学びを兼ねて、小僧から働きに来る。それでも人伝の縁故があるので、裕福な農家だと辛い勤めにはならないことも多い。

千枝は、従伯父の紹介で若竹に奉公に来たと聞いていた。確かに若竹ほどの料亭であれば、行儀見習いで入る娘たちもいる。千津は、千枝の奉公も、そういうものだと思っていたのだろう。

「お千津さんは、お千枝さんが可哀想に見えたんですか」

十和の問いに、千津は涙を無造作に手で拭い、顔を上げる。そして小さく頷いた。

「はい……忙しそうで……」

すると利一は、ははは、と声を立てて笑った。

「お千津さんはご存じないかもしれないが、今、茶屋の茶汲み娘と言えば、若い娘たちにとっては憧れの的なんですよ」

「え……」

十和や利一にとっては当たり前のことなのだが、村育ちで、元よりあまり江戸に関心のない千津にとっては、まるで知らなかったらしい。

「愛宕の神社にいる茶汲み娘なぞ、役者同様に浮世絵まで出回っているし、大店の若旦那に見初められて、玉の輿に乗ったなんて話もあります。お千枝さんも大層人気で、俺の知り合いの役者が一目ぼれして通い詰めているくらいですよ」

するとと千津は眉を寄せる。

「それは……役者なぞは、悪所の人でございましょう。なんだか怖い」

利一はその言葉に苦笑する。

「江戸の娘にとっては、ちょいとした自慢ですけど、お千津さんにとっては恐ろしいんですね」

好奇心旺盛な千枝と同じ家に育ったというのに、こんなにも違うものかと面白くなるほど、千津は慎重で怖がりらしい。その違いがおかしくて、十和はふっと笑う。

千津は顔を真っ赤にして、手で頬を押える。

「物知らずでお恥ずかしいです……」

「いいえ、笑ってすみません。妹さんが心配なんだと思うと微笑ましくて」

すると千津は、目を伏せた。

「だってあの子は、私のせいで里にいられなくなったんですもの」

そうか、この姉妹には「新吉さん」を巡る誤解が横たわっているのだった。そこを解消しないことには、どうにもならないのだ。

その時、利一が千津の手元を指さした。

「さっきお千津さんが握っていたそれ、お千枝さんの前掛けじゃないかい」

「ああ……はい」

千津はちぎれた前掛けを、利一に差し出した。

「確か、お前さんと新吉さんで染めたものなんだろう」

「はい、そうです。まさかまだ、持っていたなんて……」

その前掛けは確かに洒落た模様ではあるけれど、布は古くなっており、破れるのも無理はない。色も褪せつつある。

利一は暫く黙ってそれを見つめていたのだが、

「ああ、そうだ」

と、思い出したように懐に手を入れた。

「お千津さんに、これを見せようと思っていたんだよ」

利一は、一枚の布の端切れを見せる。千津は手に取って眺めた。

「これは……珍しい模様ですね」

四角や三角に囲まれた中に、見たことのないような花の模様が連なる。かと思うと、亀甲のような柄もあり、色も様々な染だ。

「更紗だよ。先だって、長崎の貿易商から、玻璃の器を買ったんだ。その包みになっていたのがそれなんだが、シャム辺りの染物らしい。木版なんだ」

「更紗……」

千津は好奇心に駆られたように、その布の模様を食い入るように見つめる。

「同じ一枚の布の中に、こんなにいくつもの模様があるなんて。でも、こうしてみると散らかっていない。きれいに溶け合うようで」

うっとりと言うのを聞きながら、利一は先ほどの千枝の前掛けの端切れと、更紗の端切れを並べる。

「こういうことさ」

利一の言葉に千津は、え、と問い返す。

「お千津さんは、同じ形の同じ模様がきれいに並んでいるのが世の中だと思ってるかもしれない。でも、お千枝さんは、こっちの更紗みたいにここからここまで花ならば、こっちは亀甲、その裏には鱗……って、色んな模様がある方が、世の中は面白いって思ってる」

「そうですね。なんだか、私とお千枝みたい。一つの家の中で育って来たのに、全然違うものを見て、違うことをしたい。隣り合っているのに、全然違う模様」

そして千津は端切れを離して眺めてみる。

「でも全体で見た時には、こんなに綺麗……」

広げられた更紗は、複雑で「これ」と言える模様はないが、一枚になってみると調和がとれて美しい。

利一は千津の言葉を聞いて、満足そうにうなずいた。

「二人はまるで違うけど、分かり合えないとは思わないぜ」

利一の言葉に十和も頷いて、椀の中に残った餅を放り込み、汁粉を飲み干した。

「そうですよ。お二人はじっくりお話しした方がいい」

「でも、たった今、あんなに怒らせてしまったのに……」

「それは仕方ありません。お千津さんが、お千枝さんが楽しく働いているのを、可哀想だなんて言ってしまったんですから。だから、それを謝りに訪ねて行って、ついでに泊まってらっしゃいませ」

「でも、私はまた、何もわからずにあの子を傷つけやしないかしら」

十和も確かにその点は気になった。或いは仲違いをして帰ることになるかもしれない。しかし、それでも首を横に振った。

「お千津さんが江戸のことや、知らないことを怖がっていらっしゃるのが分かりました。でも、お千枝さんは、新しいことや流行りのことが大好きなのです。そこがお二人は全然違う。でも、お二人共にお互いのことを案じ、幸せになって欲しいと思っていることは変わりません。それはお二人と話した私が一番よく知っている。だから、お千津さんが見るべきは一つ」

十和は、人差し指を一本、ずいと千津の前に突き出した。千津は勢いに押され、自らも確かめるように人差し指を立てた。

「一つ……」

「そうです。お千枝さんの顔が、幸せそうで楽しそうかどうか」

千津はしばらく黙って自らの人差し指を眺めていた。が、ふと思い出したように、ふふふ、と笑い出す。

「そういえば、子どもの時もそうでした」

千津は、母の傍らで織物を手伝ったり、縫物をしたり、料理の下ごしらえをするのが好きだった。母との時を独り占めできる幸せな時だったのだ。

「それが子ども心に、なんだかお千枝に申し訳なくて」

だから一緒にやろうと千枝を誘った。しかし千枝は、並んで裁縫をしていると、欠伸（あくび）をして、最後には放り出して何処かへ行ってしまう。

「仕方ないわね、千枝は」

母は呆（あき）れたように言っていた。

「でも、お千枝はしっかり縫えているよ」

放り出された浴衣（ゆかた）の片袖（かたそで）を見せると、母は笑って千津を褒めた。

「妹思いね、お千津は」

褒められるのは嬉（うれ）しいけれど、その分、千枝を貶（おとし）めているようで心苦しかった。

片や、飛び出していった千枝は、田んぼに落ちて、泥だらけ。膝（ひざ）をすりむいて帰って来た。

「どうしてそうなったの」

母は怒り、父も

「お前は落ち着きがない」

と、怒鳴った。すりむいた膝は痛そうで、千枝は大泣きしている。千津はそれを見て、

「お千枝は痛いのに、怒ったら可哀想」

と、父を宥めた。しかし、父が立ち去ると、母が笑う。

「千枝、いい加減に泣き真似はよしなさい」

するとと千枝はけろりとした顔で
「はあい」

と言って、泣き止んだ。そして、近所の男の子と蛙を捕まえる競争をしていたのだと、自慢をし出した。

「一番大きい蝦蟇を捕まえようとしたのに、田んぼに落ちて見失ったの。悔しかった」

千津は、泥まみれになるのも嫌だし、蝦蟇なんぞ見るのも嫌いだ。父に叱られるのはもっと嫌だし、母を困らせるのも苦手だ。

「あの時、お千枝は楽しそうで、そのことに驚いていたけれど……きっと今も、同じように私と違うことを楽しく思っているのかもしれない」

千津は、床几に置かれた更紗の端切れを手に取ると、それをじっと見つめた。

「違っていても、分かり合えることはありますよね」

利一と十和は深く頷いた。すると千津は覚悟を決めたように、ぐっと拳を強く握る。

「私、今夜、お千枝のところへ行ってきます」

そう言うと、椀の中の汁粉を勢いよく啜って噎せこみ、慌ててお茶を飲み干した。

「血のつながった姉妹ですから、きっと大丈夫ですよね」

千津は不安を拭うように、十和に問いかける。十和は、一瞬の躊躇の後に、

「そうですよ」

と、明るく返した。


夜、十和はなかなか寝付けぬまま、庭に面した縁に腰かけていた。秋風が沁み、浴衣の上に羽織を着て、虫の音を聞きながら月を眺める。十三夜といったところか、辺りをほんのり照らしている。

「どうした」

ふいと現れたのは、佐助である。

「いえ、あの姉妹はどうしたかしらと」

夕刻、雀屋の店じまいのころ合いを見て、千津を千枝の住まう長屋に送り届けた。十和は物陰に隠れて様子を窺っていると、仕事を終えた千枝が戻って来た。

「姉さん」

千枝は困惑した様子であった。千津は、すぐさま頭を下げる。

「お千枝の御勤めの邪魔をしてごめんなさい。今日は泊めてもらえないかしら」

「宿はないの」

「常葉屋さんに泊めて頂いていたのだけど、何日も御厄介になるのは気が引けて……」

するとと千枝は、うん、と小さく頷いた。

「さっきは私も言い過ぎた。入って」

二人が長屋の入り口に姿を消したのを確かめてから、十和は帰途についたのだ。

今頃二人は話をしているところだろう。喧嘩しているかもしれないし、分かり合えているのかもしれない。いずれにせよ、姉妹水入らずの時を過ごせているのはいいことに思えた。

その一方で、引っかかることもある。

「お千津さんが言ったんです。血のつながった姉妹だから大丈夫って……」

佐助は黙って聞きながら、十和の隣に腰かけた。十和はしばしの沈黙の後、佐助を見た。

「血がつながっているって、やはり大切なのかしら」

佐助は、さあ、と首を傾げた。

「俺なんざ、物心ついた時には天涯孤独の身の上で、親兄弟のことも知らねえ。もしも兄弟がいて道端でばったり会ったたって分かりゃしないし、懐かしくもねえですけどね」

佐助はさらりと言う。しかし十和は、うん、と小さく頷いたっきり黙る。佐助はその十和の横顔を見つめる。

「気になりますかい」

十和は己の手のひらをじっと見つめる。

「十を過ぎたくらいの頃、私が母様の娘じゃないって泣いていたのを覚えているかしら」

佐助は渋い顔をして、頷いた。

幼い頃は何も感じていなかったのだが、近所の商店の女将(おかみ)たちの噂話を耳にした。

「だってお十和ちゃんはお律さんの子じゃないでしょう。身重だった姿を見ていないもの。数日休んで連れて来た赤子は、もう随分と育っていた。あまりおなかが目立たないって言ったたってねえ。きっと吉右衛門さんの妾(めかけ)の子なんじゃないかね」

十を過ぎ、心無い噂の意味がようやっと分かるようになった。確かめたい、知りたいと思ったけれど、それを口にした瞬間に、これまで居心地の良かった家が崩れていくような怖さを感じて、律にも聞けなかった。

そんな時、いつものように行商でやって来た佐助に会った。

「母様は本当の母様ではないって本当かしら」

泣きながら問いかける十和に、佐助は答えた。

「女将さんに聞いてごらん。きっとすぐに答えてくれる」

言われた通りに律に問うと、律は笑った。

「何を言うかと思えば。お十和は私の娘だよ。間違いない」

そう言って抱きしめてくれた。その腕の中の心地よさはいつもと少しも変わらなかったけれど、覇気のある律が見せた一瞬の躊躇を、十和は見逃さなかった。

「父様が母様を裏切って出来たのが私なら、母様にとって私は憎い子なのではないかしら」

その問いは口にはできず、胸の奥に蟠(わだかま)っていた。それが幼心に重荷になっていたらしい。熱を出して寝込んでしまった。医者を呼んで薬を飲んでも熱は下がらず、何日もうなされる。その枕辺で必死に看病していた律は、

「あの医者はヤブだね」

と、怒る始末であった。深夜、夢うつつに目を開けると、律と吉右衛門は二人で十和の枕辺にいた。律が項垂(うなだ)れながら呟(つぶや)いた。

「何かあったなら、この子の母上と父上に申し訳ない。私を信じて託して下さったのに……」

　吉右衛門は律の背を摩(さす)る。

「お前さんが、十和を慈しんで育てているのは私がよく知っている。あの方たちにも私が証(あか)してやる。それにお十和は強い子だ。お前さんを悲しませるようなことはしない」

　穏やかな二人の声を聞きながら、十和は眠りに落ちた。

　十和にとって、律も吉右衛門も親ではない。つまり、利一も兄ではない。

　しかし、実の親がこの二人を信じて、託したということが分かった。捨てられたわけじゃない。そのことで少し救われる気がした。そして、この二人が信じられる人だというのは、他でもない十和自身がよく知っている。

　以来、熱は下がって、ようやっと本復したのだ。

「あの時は、女将さんが大騒ぎして大変で、行商先にまで薬を手に入れろって文が来たっけ」

佐助は思い出したように笑う。十和は小さな吐息をついた。

「実の親は、母様と父様にとっても大切な人であるらしいと分かったから、誰なのかを考えるのをやめました。でも、血のつながりという言葉を聞くと、きりきりと胸が痛む」

十和は自らの胸元をぎゅっと押える。締め付けられるように痛むのだ。

「血のつながらない私と兄様は、もしも一度でも仲たがいしたら、分かり合えなくなるかもしれない……そう思うととても怖い」

佐助は苦笑してゆっくり立ち上がると、十和の前の地面に膝をついた。しばらく言葉を探すように黙っていたが、うん、と確かめるように一つ頷いた。

「利一のことが分かる奴は、そうそういるもんじゃない。大方の連中は、あれを変わり者だといい、頼りない若旦那だと言う。でも、お嬢は違うと思っている。そうでしょう」

十和は黙って頷く。

「利一はそのことを知っているから、お嬢のことを信じて色々と話す。それは、旦那さんも女将さんも同じ。お嬢の心が分かってる。それは、血のつながりなんてやわなもんじゃない。お互いをいつも気にかけて、思いやるからできること。それに、俺もお嬢と血のつながりなんかないが、勝手に親戚だと思っているよ」

佐助は白い歯を見せてにかっと笑って見せ、釣られて十和も笑顔になる。

「私も勝手に親戚だと思ってます」

「それでいい。何なら、利一のことだって、若旦那っていうより甥っ子みたいな気でいるよ」

二人が声を合わせて笑っていると、庭の蔵の戸がギギギと開いた。振り向くと、利一が大きな欠伸をしながら出て来た。

「兄様」

「なんだい若旦那。まだそっちにいたのかい」

相変わらず、蔵の中の小間にいたらしい。

「いや、いたというか、寝ちまってたというか。お千枝さんの姉妹は片が付きそうかい」

十和は肩を竦める。

「今頃、話し合えているといいんですけど」

「ま、お互いに大事に思っているなら大丈夫だろう」

そう言って、十和の肩を叩きながら、母屋へ上がる。

「水でも飲んで、もう一回寝なおすよ」

奥へ引っ込んでいく後ろ姿を見送りながら、ふと、利一は先ほどの十和と佐助のやりとりを聞いていたかもしれないと思った。佐助もそう思ったらしく、肩を竦めて笑ってみせた。

「じゃ、俺もひと眠りするかね」

佐助が裏の長屋に戻るのを見届けて、十和は夜空を見上げる。小さな星が瞬いていた。

母がいてくれたら、こんな不安を笑い飛ばしてくれる。もっと心強くいられるのにと、思わずにはいられない。

翌朝になって、千枝と千津の姉妹は、二人そろって常葉屋までやって来た。

「お世話になりました」

二人が晴れ晴れとした表情をしているのを見て、十和はほっと胸をなでおろした。

「お十和さんのおかげで、色々と話し合えました」

小上がりに二人並んで座り、出したお茶を飲みながら、笑い合う。

「私はお千枝がまだ新吉さんのことが好きなんだと思っていたんです。私は新吉さんと一緒になりたい。お千枝を傷つけたくないけど、どうしたらいいかと悩んでいたのに、お千枝にとってはさほどの大事じゃなかったみたいで、気をもんで損をした」

千津は不貞腐れた顔をして言う。その口ぶりには昨日までの迷いはなくなっている。一方の千枝はあきれ顔で肩を竦める。

「そんなことを気にしているなんて思いもしなかった。姉さんは真面目が過ぎるから」

するとそこへ、奥から利一が顔を覗かせた。

「おお、二人とも、すっきりした顔だ。腹を割って話せたのなら、何よりだよ」

二人は、はい、と明るく頷いた。

「親戚の弥次郎さんが姉を村まで送ってくれることになっているので、二人で会いに行くんです」

千枝を江戸に誘った当人が、二人のことを案じていたらしい。

「父や母も、お千枝の様子を知りたがっていたので。私も弥次郎さんと一緒なら安心ですし」

千津は千枝と顔を見合わせて、うなずき合う。すっかり仲の良い姉妹といった様子の二人を見て、十和はどこか羨ましくもあった。

「それから、若旦那」

千津はついと一歩進み出た。

「この更紗なんですが……」

昨日、汁粉屋で利一が渡した更紗の端切れを、千津はおずおずと差し出した。

「これ、お借りしてもよろしいでしょうか。新吉さんに見せたくて……」

すると利一が、パンと一つ手を打った。

「そりゃあいい。そいつは木綿を染めているんだが、絹でやってみたら面白そうだ。羽織の裏やら昼夜帯にもいい。そのまんまを再現しろって言うんじゃなくて、この何とも言えない混じった模様を、お前さんと新吉さんで作ってみたら、どんなものが出来上がるんだろうね」

利一の言葉を聞いて、姉妹は嬉しそうに笑い合う。

「私も姉さんと新吉さんが、どんな模様を作るのか見てみたい」

利一も満足そうにうなずく。

「きっと面白い更紗になるさ。それで絹はうちに。木綿のものが出来たなら、お千枝さんのところに」

「私ですか」

千枝は首を傾げて千津と顔を見合わせる。

「若竹の旦那に掛け合ってね。うちから新吉さんの染を卸すから、雀屋で売るって話になっている。お千枝さんは人気の茶汲み娘だから、前掛けにすればお客に売れるよ。間違いない」

すると千枝の顔がぱっと輝いた。

「やります、私、売ります。何なら要らないって言う人にだって売る。姉さんの力になりたいから」

千津はそれを聞いて微笑んでから、思わずぐっと唇を嚙みしめ、涙を浮かべた。

「姉さん、また泣いて……」

「だって、お千枝が力になってくれるって言うから」

「うん、これで商いが上手くいけば、新吉さんと姉さんのことを父さんにも話せるでしょう。そのために、私がんばるから」

姉妹二人は、利一が預けた更紗を手に、常葉屋を出た。

二人の背を見送りながら、十和はふと隣の利一を見上げる。

「よく思いつきましたね、更紗のこと」

利一は、伸びをしながら、うん、と返す。

「更紗を手掛ける所は他にもあるが、型紙で染めているんだ。でも、このシャムのは木版だろう。俺はあのシャムの更紗が気に入っていてね。ああいうのができないかな……と思っていたのさ。腕は確かで干されている職人がいたら、良い品が安く買えるし、失敗しても惜しくない。そんなことをぼんやり思っていたところへ、思いがけず、飛び込んで来たのがあの姉妹の話さ。うちにとっては良いことしかない」

にやりと笑いながら店の中へ入ろうとすると、番頭の善兵衛がいた。そして利一の顔を眺め、ふうっと深くため息をつく。

「若旦那（わかだんな）は、商いに専念して下さればいいのに」

利一はその善兵衛の肩を叩きながら、じっと善兵衛の顔を見る。

「俺は思い付きしかないんだよ。堅実さの欠片（かけら）もないから、旦那に向かない。悲しい定めなんだ」

そしてするりと善兵衛の横をすり抜けて奥へ入っていく。善兵衛が更に何かを言おうとするが、既に姿はない。

「兄様はああいう人だから」

「そうなんですけどねえ」

「でも、どんな更紗が届くか楽しみね」

十和の言葉に、善兵衛もはい、と頷いた。

それから一月の後、新吉の工房から更紗が届いた。絹が一反、木綿が三反。広げてみると、利一が渡したシャムの更紗と似ているようで違う。独特の優しい色合いと、柔らかい花の絵が、複雑な四角や三角の重なりの中に描かれている。

「異国風でいて江戸風でもある。面白いなあ」

利一は大喜びして、番頭の善兵衛も頷いた。

「これなら売れるでしょうね。うちと付き合いのある問屋にも話を通しましょう。袋物屋にも卸せる品になりそうです」

これで、面倒な若旦那のいる問屋と縁を切っても、新吉の工房は商いができることになりそうだ。

利一はしみじみと反物を見やり、絹の方を傍らにいる十和に宛がった。

「これは昼夜帯にしよう。黒繻子の裏をこいつで仕立てて、ひらひらと覗くようにするんだ。で、こっちの木綿は前掛けに仕立てて、雀屋に」

上野の山は、正に紅葉の盛りである。

十和と利一が訪ねていくと、千枝は大喜びで出迎えた。

「届きましたよ」

十和が手渡すと、千枝は早速それを前掛けにした。

「お、似合うね、お千枝ちゃん」

客から声が掛かる。

「そうでしょう。ここでしか買えないの」

そう言いながら、他の茶汲み娘にも揃いで着せていく。そして、千枝は十和を立たせると、十和の帯を見せた。

「ほら、こちらの常葉屋のお嬢さんの帯にも、同じ染があるのよ」

ほう、常葉屋の、と、客が感嘆する。

「ささ、御手土産にどうですか」

千枝は「要らない人にも売る」と豪語していたが、その言葉の通りになりそうだ。

すると、十和の視線の先に、いつぞや日本橋の通りで千枝を追いかけていた、ひょろりとした若旦那が見えた。

「あ、あの男」

十和は思わず腕を捲り、近づこうとする。しかし利一にぐいっと腕を摑まれた。

「でも兄様、あの男……」

千枝は、客を相手にしていて、まるで男に気付いていない。すると、茶屋の奥からぬっと大柄な男が現れた。いつぞや常葉屋にも迎えに来た店主の宗助である。すると、ひょろり男は弾かれたように逃げて行った。

「え……どうして」

十和が利一を振り向くと、利一はにやりと笑う。

「宗助は、つい先だっても、ああして千枝につきまとったあの男を、胴払いで投げ飛ばしたのさ。雀屋さんも、茶汲み娘たちを守るために、腕っぷしの宗助にこの店を任せてるらしいよ」

千枝は宗助に駆け寄ると、ここ一番の満面の笑みで

「ありがとう」

と言っている。宗助は、少し照れたように顔を赤らめ、頭を掻きながら奥へ戻って行く。

「あら、もしかして宗助さん……」

「お千枝さんにほの字かもなあ」

「まあ待て」

利一は面白そうににやにやと笑う。十和は握っていた拳を開いた。

「今度こそ、私があの男に一撃をと思っていたのに」

「物騒なことを言いなさんな」

利一は十和の拳を隠すように、その手に団子を握らせる。その間も千枝は忙しなく立ち働き、奥にいる宗助と時折、笑い合っている。

「楽しそうですね」

「この調子だと、澤瀉屋の若い衆はこれで失恋するかもしれないなあ」

利一は歌うように言いながら、団子を頬張った。十和も利一に倣って団子を口に含む。相変わらず香ばしい黄な粉が口いっぱいに広がる。

「御店にまた、お土産にしましょうか」

善兵衛も、先だって美味しいと言って食べていた。利一に手招かれて千枝がやって来る。

「土産に団子を追加で十もらおうか」

「はい、あ、そうだ」

千枝は思い出したように一つ手を叩く。

「姉さんは、新吉さんの家に押しかけ女房しているようですよ」

「え」

十和は思わず声を上げた。

千枝が新吉に気がないことがはっきりしたので、千津は思い切って新吉に

「嫁に貰って欲しい」

と告げたらしい。新吉は喜びもしたが、戸惑いもした。

「御父上は、お千枝さんの一件もあるから、許してくれないのではないか」

生真面目な新吉は、千津の父の許しがなければと、頑として譲らない。父は案の定、これまでの千津と新吉のことなど知る由もない。

「あの男は、千枝を誑かし、その上、千津まで」

烈火のごとく怒った。千枝は誑かされていないし、千津のことを真摯に思ってくれている。そう話したところで聞く耳は持たない。母も説得したが、堂々巡り。

事の次第を書いた千津の文を読んだ千枝は、一言だけ伝えた。

「父様がそうなったら、何を言っても無駄。後は自ら切り開くだけ」

千津は千枝の言葉に背を押され、自ら荷を纏めて新吉の工房へ行ってしまった。

千枝の時は八王子と江戸で距離があったが、何せ同じ村の中である。すぐに父が殴りこんできたのだが、千津は頑として動かない。新吉は父の顔を立てて千津を説

得したのだが、それでも帰らない。そうしているうちに、父と新吉は何となく話をするようになり、今、十日余りが経っているところだという。

「道理で、出来るのが早いと思った」

利一は苦笑した。版を作るだけでも一月近くかかろうかと言うのに、余りに早い。

「泊まり込んでいるらしいので」

千枝は、ふふふ、と含み笑いをして肩を竦める。

その間に団子が出来たらしく、宗助が竹皮包みを十和に差し出した。十和がそれを受け取ると、利一はよし、と立ち上がる。そして声を潜める。

「ま、お千津さんのことはいいとして。お前さんはどうなんだい。宗助と澤瀉屋の若いの、どっちがいい」

すると千枝は驚いたように目を見開いてから、悪戯めいて笑って見せた。

「せっかく花のお江戸の茶汲み娘ですからね。どちらもいいけど、もっと楽しい恋もあるかもしれないでしょう」

ひらりと前掛けを翻して、他のお客にあいさつをする。

楽しそうに笑う千枝を見ながら、利一と十和の兄妹は不忍池を後にした。

辺りの景色はすっかり秋になっていた。道は紅葉で赤く染まり、紅葉狩りの客が空を仰いで歩いている。

「いい季節だね」

利一のつぶやきに、

「そうですね」

と、十和も応(こた)えた。

終　話

新橋(しんばし)を渡る途中、十和は橋の上に佇(たたず)んで川面を眺めていた。母、律がいなくなってからというもの、どんな小さな橋の上からでも川の中を覗(のぞ)いてしまう。

もちろん、もしも生きているのなら、こんな風に覗いたところで川の下にいるはずもない。そも、母を乗せた船が沈んだのは大川だ。こんなところまで流れ着いているのなら……。そこまで思って頭を振る。

「縁起でもない。私が探しているのは手掛かりだ」

十和は不安をかき消すように言う。

思い直してくるりと前を向くと、そこに幼馴染(おさななじみ)の同心、田辺勇三郎がいた。

「勇様」

勇三郎はやや困った顔で十和に歩み寄る。

「ぼんやり橋から下を眺めている人がいるから、うっかり飛び込んだら大変だと思ったら、お十和ちゃんだったか」

「身投げでもするかと思いましたか」

「いや……」

そう言うと、十和と並んで欄干に手を掛ける。

「すまないな、お律さんのこと、なかなか見つけられなくて……」

勇三郎は恐縮したように項垂(うなだ)れる。

「いえ、勇様が心がけて下さっているのは知っています」

十和が言うと、勇三郎は懐から似せ絵を取り出す。この似せ絵は、利一が知り合いの絵師に頼み込んで書かせ、しかも板木まで作って幾枚も配って歩いていた。

「舟が沈んだって話じゃねえか。それじゃあ助からねえよ」

心無い言葉を掛けられたこともある。それでも、頼まずにはいられなかった。

「時にはお律さんに叱られないと、気が締まらなくていけない」

勇三郎の言葉に十和はしゃんと背筋を伸ばして律をまねる。

「ほら、勇三郎。人様の役に立って初めて同心って名乗れるってもんだ。ちょいと私の御役に立ちな」

十和が律の真似をすると勇三郎は、ははは、と声を上げて笑った。

「声までそっくりだ。流石(さすが)は母娘(おやこ)だね」

その言葉に、十和は胸がちりりと痛む。しかしそれを隠すように顔を上げた。

「よく言われます」

勇三郎と別れると、十和は一人、歩き始めた。

十和は律の実の娘ではない。そして実の父母は、今の常葉屋の両親にとって親しい人たちであるらしい。しかし、それ以上のことは何も知らない。それを問いたいという思いと、問いたくないという思いがいつもせめぎ合っていた。問うことで壊れてしまうものがあるように思えたからだ。

しかし、ある日。母と芝居見物をした帰りのこと。

「母様……私の母様は、どんな方ですか」

前触れもなく唐突に、歩きながら問いかけた。何故、その時だったのか、芝居で生さぬ仲の親子を見たせいだったのか、夕日が綺麗だったからなのか、十和にも分からない。つるりと口をついて出た。

律はふと足を止めて十和を振り返った。優しい目をして十和を見つめ、次いで、困ったように目を伏せた。その表情は、いつか聞かれるだろうことを覚悟していたように見えた。

問いかけてから十和は後悔した。答えを聞きたくないとさえ思い、知らず手が震えた。

すると律は、ゆっくりと十和に歩み寄り、震える手を包むように握った。肩を優しく抱いて、黙ってあやすように背を撫(な)でる。その沈黙は、十和に「大丈夫」と伝えているように思えた。

「私も大好きな優しい御人だよ。でも今は詳しいことは話せないのさ。ごめんね」

はっきりとした強い意志を感じる声だった。しかし、律にとってのその人が、決して憎い人ではないことは分かった。それだけでもう十分だと思った。

しかし今、もう少し聞いておけば良かったと思う。それは、実の母のことが知りたいからではない。律の行方を探る手掛かりになるのではないかと思うからだ。

「母様の行方知れずは、私のせいではないのですか」

十和は幾度か父、吉右衛門に問うた。

「それは違うよ」

吉右衛門はいつもの優しい口ぶりで言った。しかし、それは思いやりから来た嘘のように思えたのだ。

もしも、実の母や父のせいで律に何かあったとしたら、十和は会ったことのない両親を、恨むことになりそうだ。

その時ふと、視界の隅に母に似た人が過(よぎ)ったように思えた。

「え」

御高祖頭巾を被った御武家の女風である。装いはまるで違うのだが、すれ違った瞬間に、何故か母だと思った。

「母様」

声を張る。しかし江戸の町中。人がごった返している。人のまにまに見える御被布をかけた背中を追っていくと、その人影を見失った。

そこは、木挽町であった。

芝居小屋の上に掛かる大きな看板には、今を時めく名だたる役者たちの名が並ぶ。

「最近は、尾上松助が贔屓だね。松本幸四郎の悪役もいい味だ」

芝居好きの母は、雄々しい芝居が得手な役者が好きだった。十和はというと、これと言った贔屓はないが、この前に見た芝居では、女形の岩井半四郎のなよやかな身のこなしが美しかったと話した。

「それなら今度は中村座にも行ってみよう」

母と二人、芝居見物に行くのが好きだった。

「今度の演目は、菅原伝授の車引だからさ」

母は梅王丸にちなんで梅の模様で、十和は桜丸にちなんで桜の模様。二人であれやこれやと着るものを選んで共に出かけた。

十和は一人、ふらりと木戸口から芝居小屋に入った。

先ほどの御高祖頭巾の女を探そうというのではない。ただ懐かしい思いに駆られたのだ。

舞台の上では、美しい女形が舞踊を披露していた。しなやかに舞うその様は、美しく見えるけれども、足腰が鍛えられていなければ、とてもできないものだ。

囃子（はやし）の音を聞きながら、十和はふと、母と話したことを思い出す。

「あの女形の役者さんたちも、佐助さんと同じように強いのかしら」

「お十和にそう見えるのなら、きっとそうだよ。でも、お前さん、決して人前で男を倒してはいけないよ」

母には常日頃から言い含められていた。

だから十和は、女人たちは皆、十和と同じように体術を習い、鍛えているものだと思っていた。そうではないということを今は知っている。

「母様は何故、私に体術を教えようと思われたのかしら」

それは、十和が自ら身を守ることができねばならないと思っていたからなのだろう。単に、御店（おたな）の娘としてなのか。或（ある）いは、他にも理由があるのか……。

そこまで考えたところで舞が終わり、大向こうの声が上がると共に、幕が引かれた。誰が何を舞っていたのかさえ分からないまま、終わってしまった。

「こんなことを兄様に知られたら叱られる」

利一は芝居好きを通り越して、芝居狂いで作り手になってしまった人だ。次の幕が開く前にと、十和は芝居小屋を出た。

出入りする人で込み合う木戸を出ると、そこに縞紋の着流しで腕組みをしている利一の姿があった。

「兄様、いらしていたんですか」

利一は十和が出て来るのを待っていたようで、驚きを見せなかった。

「今日は、ちょいと囃子方の金五郎爺さんに会いに来たついでに、舞台袖から見ていたんだよ。そうしたらぼんやり立って舞台を見ている十和がいた」

「小屋の中は暗いのに、見えたんですか」

「存外、目が慣れると見えるものさ。全く、お前さんのような客には、役者も筋書も黒御簾も、がっかりだ」

ポンと、十和の頭を小突く。

「また、母様のことでも考えていたんだろう」

利一の言葉に、十和は、はい、と頷く。

「母様に似た人を見た気がして……」

「そうか。ま、見かけたのが、芝居小屋で良かったな。俺なんざ……」

利一は先だって、同じように、律に似た人を見かけたからと跡をつけていき、見失った。それが紀尾井坂(きおいざか)の辺りであり、気づけば辺りはぐるりと御大家の武家屋敷。町人ならば、黒羽織に袴(はかま)をつけねば歩かないような場所である。着流し姿の気楽な町人が、ひょいと出向くような場所じゃない。

「危うくお縄になるかと思った」

大仰に怯(おび)えて見せる。

「全く、幻まで人騒がせなお母上だよ」

「本当に……なんだか、すぐそこにいるような気がするんですけどね」

十和の言葉に、利一もまた、うん、と頷いた。

「兄様は御用は済んだんですか」

「ああ。気を取り直してもう一幕、見ていくかい。それともそこらで田楽でも食べるかい」

十和は暫(しば)し思案してから、

「田楽」

と、答えた。

「お前さんはいつも、食い気が勝つね」

利一と共に歩き出すと、ふと、遠くに視線を感じたような気がした。十和は振り返って辺りを見るが、人込みの中に何も見えない。

「ほら、行くよ」

「はい」

道には西日が差し始め、芝居小屋からは囃子の音が漏れ聞こえていた。

本書は書き下ろしです。

とわの文様（もんよう）

永井紗耶子（ながいさやこ）

令和５年　３月25日　初版発行

発行者●山下直久

発行●株式会社KADOKAWA
〒102-8177　東京都千代田区富士見2-13-3
電話　0570-002-301（ナビダイヤル）

角川文庫 23591

印刷所●株式会社暁印刷
製本所●本間製本株式会社

表紙画●和田三造

●お問い合わせ
https://www.kadokawa.co.jp/（「お問い合わせ」へお進みください）
※内容によっては、お答えできない場合があります。
※サポートは日本国内のみとさせていただきます。
※Japanese text only

ISBN 978-4-04-111990-7　C0193

◇◇◇

角川文庫発刊に際して

角川源義

第二次世界大戦の敗北は、軍事力の敗北であった以上に、私たちの若い文化力の敗退であった。私たちの文化が戦争に対して如何に無力であり、単なるあだ花に過ぎなかったかを、私たちは身を以て体験し痛感した。西洋近代文化の摂取にとって、明治以後八十年の歳月は決して短かすぎたとは言えない。にもかかわらず、近代文化の伝統を確立し、自由な批判と柔軟な良識に富む文化層として自らを形成することに私たちは失敗して来た。そしてこれは、各層への文化の普及滲透を任務とする出版人の責任でもあった。

一九四五年以来、私たちは再び振出しに戻り、第一歩から踏み出すことを余儀なくされた。これは大きな不幸ではあるが、反面、これまでの混沌・未熟・歪曲の中にあった我が国の文化に秩序と確たる基礎を齎らすためには絶好の機会でもある。角川書店は、このような祖国の文化的危機にあたり、微力をも顧みず再建の礎石たるべき抱負と決意とをもって出発したが、ここに創立以来の念願を果すべく角川文庫を発刊する。これまで刊行されたあらゆる全集叢書文庫類の長所と短所とを検討し、古今東西の不朽の典籍を、良心的編集のもとに、廉価に、そして書架にふさわしい美本として、多くのひとびとに提供しようとする。しかし私たちは徒らに百科全書的な知識のジレッタントを作ることを目的とせず、あくまで祖国の文化に秩序と再建への道を示し、この文庫を角川書店の栄ある事業として、今後永久に継続発展せしめ、学芸と教養との殿堂として大成せんことを期したい。多くの読書子の愛情ある忠言と支持とによって、この希望と抱負とを完遂せしめられんことを願う。

一九四九年五月三日

角川文庫ベストセラー

悪玉伝
朝井まかて

大坂商人の吉兵衛は、風雅を愛する伊達男。兄の死により、将軍・吉宗をも動かす相続争いに巻き込まれてしまう。吉兵衛は大坂商人の意地にかけ、江戸を相手の大勝負に挑む。第22回司馬遼太郎賞受賞の歴史長編。

雷桜
宇江佐真理

乳飲み子の頃に何者かにさらわれた庄屋の愛娘・遊（ゆう）。15年の時を経て、遊は、狼女となって帰還した。そして身分違いの恋に落ちるが――。数奇な運命を辿った女性の凛とした生涯を描く、長編時代ロマン。

三日月が円くなるまで
小十郎始末記
宇江佐真理

仙石藩と、隣接する島北藩は、かねてより不仲だった。島北藩江戸屋敷に潜り込み、顔を潰された藩主の汚名を雪ごうとする仙石藩士。小十郎はその助太刀を命じられる。青年武士の江戸の青春を描く時代小説。

通りゃんせ
宇江佐真理

25歳のサラリーマン・大森連は小仏峠の滝で気を失い、天明6年の武蔵国青畑村にタイムスリップ。驚きつつも懸命に生き抜こうとする連と村人たちを飢饉が襲い……時代を超えた感動の歴史長編！

夕映え （上）（下）
宇江佐真理

江戸の本所で「福助」という縄暖簾の見世を営む女将のおあきと弘蔵夫婦。心配の種は、武士に憧れ、職の落ち着かない息子、良助のことだった…。幕末の世、市井に生きる者の人情と人生を描いた長編時代小説！

角川文庫ベストセラー

口入れ屋おふく
昨日みた夢
宇江佐真理

逐電した夫への未練を断ち切れず、実家の口入れ屋「きまり屋」に出戻ったおふく。働き者で気立てのよいおふくは、駆り出される奉公先で目にする人生模様から、一筋縄ではいかない人の世を学んでいく――。

葵の月
梶よう子

徳川家治の嗣子である家基が、鷹狩りの途中、突如体調を崩して亡くなった。暗殺が囁かれるなか、側近の書院番士が失踪した。その許嫁、そして剣友だった男は、それぞれの思惑を秘め、書院番士を捜しはじめる――。

お茶壺道中
梶よう子

優れた味覚を持つ仁吉少年は、〈森山園〉で日本一の葉茶屋を目指して奉公に励んでいた。ある日、番頭の幸右衛門に命じられ上得意である阿部正外の屋敷を訪ねると、そこには思いがけない出会いが待っていた。

妻は、くノ一 全十巻
風野真知雄

平戸藩の御船手方書物天文係の雙星彦馬は藩きっての変わり者。その彼のもとに清楚な美人、織江が嫁に来た⁉ だが織江はすぐに失踪。彦馬は妻を探しに江戸へ向かう。実は織江は、凄腕のくノ一だったのだ！

いちばん嫌な敵
妻は、くノ一 蛇之巻1
風野真知雄

運命の夫・彦馬と出会う前、長州に潜入していた凄腕くノ一織江。任務を終え姿を消すが、そのときある男に目をつけられていた――。最凶最悪の敵から、織江は逃れられるか？ 新シリーズ開幕！

角川文庫ベストセラー

薔薇色の人
姫は、三十一4
風野真知雄

売れっ子絵師・清麿が美人画に描いたことで人気となった町娘2人を付け狙う者が現れた。〈謎解き屋〉を始めた自由奔放な三十路の姫さま・静湖姫は、その不届き者捜しを依頼されるが……。人気シリーズ第4弾！

鳥の子守唄
姫は、三十一5
風野真知雄

謎解き屋を始めた、モテ期の姫さま静湖姫。今度の依頼人は、なんと「大鷲にさらわれた」という男。一方、〝渡り鳥貿易〟で異国との交流を図る松浦静山の屋敷に、謎の手紙をくくりつけたカッコウが現れ……。

運命のひと
姫は、三十一6
風野真知雄

〈謎解き屋〉を開業中の静湖姫にまた奇妙な依頼が。長屋に住む八世帯が一夜で入れ替わった謎を解いてくれというのだ。背後に大事件の気配を感じ、姫は張り切って謎に挑む。一方、恋の行方にも大きな転機が!?

月に願いを
姫は、三十一7
風野真知雄

静湖姫は、独り身のままもうすぐ32歳。そんな折、ある藩の江戸上屋敷で藩士100人近くの死体が見付かる。調査に乗り出した静湖が辿り着いた意外な真相とは？　そして静湖の運命の人とは!?　衝撃の完結巻！

西郷盗撮
剣豪写真師・志村悠之介
風野真知雄

元幕臣で北辰一刀流の達人の写真師・志村悠之介は、ある日「西郷隆盛の顔を撮れ」との密命を受ける。鹿児島に潜入し西郷に接近するが、美しい女写真師、人斬り半次郎ら、一筋縄ではいかぬ者たちが現れ……。

角川文庫ベストセラー

黒い扇 (上)(下) 新装版	平岩弓枝	日本舞踊茜流家元、茜ますみの周辺で起きた3つの不審な死。茜ますみの弟子で、銀座の料亭の娘・八千代は、師匠に原因があると睨み、恋人と共に、華麗な世界の裏に潜む「黒い扇」の謎に迫る。傑作ミステリ。
ちっちゃなかみさん 新装版	平岩弓枝	向島で三代続いた料理屋の一人娘・お京も二十歳、数々の縁談が舞い込むが心に決めた相手がいた。相手はかつぎ豆腐売りの信吉。驚く親たちだったが、なんと信吉から断わられ……豊かな江戸人情を描く計10編。
密通 新装版	平岩弓枝	若き日、嫂と犯した密通の古傷が、名を成した今も自分を苦しめる。驕慢な心は、ついに妻を験そうとするが……表題作「密通」のほか、男女の揺れる想いや江戸の人情を細やかに描いた珠玉の時代小説8作品。
江戸の娘 新装版	平岩弓枝	花の季節、花見客を乗せた乗合船で、料亭の蔵前小町と旗本の次男坊は出会った。幕末、時代の荒波が、恋に落ちた二人をのみ込んでいく……「御宿かわせみ」の原点ともいうべき表題作をはじめ、計7編を収録。
千姫様	平岩弓枝	家康の継嗣・秀忠と、信長の姪・江与の間に生まれた千姫は、政略により幼くして豊臣秀頼に嫁ぐが、18の春、祖父の大坂総攻撃で城を逃れた。千姫第二の人生の始まりだった。その情熱溢れる生涯を描く長編小説。